L'HOMME CAMOUFLAGE

Jose Andō

L'Homme Camouflage

traduit du japonais
par Léonore Shiina

Fayard

Maquette de couverture : Félix Demargne
Image de couverture : Jun Kawana

Ce livre est la traduction intégrale
publiée pour la première fois en France,
du livre de langue japonaise :
MEISAISHOKU NO OTOKO (迷彩色の男)
par Jose Andō
paru chez Kawade Shobo Shinsha Ltd. Publishers, Tokyo.

ISBN : 9782213731117
Dépôt légal : janvier 2025

1

Les oiseaux traversent le crépuscule. Personne ne se demande d'où ils viennent. Leurs ombres, qui flottent dans le ciel déjà, se fondent dans le paysage avant même d'apparaître. À peine le temps de les apercevoir, les oiseaux sont déjà partis. J'imagine que les hommes se sont enfuis de la même façon.

Un homme apparaît. Pour un passant quelconque, il fait seulement partie du décor. Personne ne prête attention à cet homme qui, à ce moment-là, est sorti de ce bâtiment, par cette porte. Une seconde plus tard, un autre homme apparaît, sortant du même bâtiment, par la même porte. Le deuxième homme pousse la porte vitrée, et lui aussi disparaît dans la ville.

Dans l'entrée vide, une brise referme lentement la porte, puis un troisième homme pousse le battant. Cet instant se répète avec une vingtaine d'hommes :

tous sont suspects, et tous s'enfuient vers la surface de la Terre. Personne ne peut savoir qu'ils se sont tous enfuis soudainement, envahis par la peur.

Personne ne connaît toute l'histoire. Quelques caméras de surveillance installées çà et là, à la surface, ont sans doute enregistré ce qui s'est passé. Seulement, ces enregistrements n'ont que peu d'importance, puisqu'ils ne montrent pas ce qui s'est passé à l'intérieur. De ce fait, le panel de suspects ne devrait pas se limiter à moi, mais à tous les hommes qui, cette nuit-là, sont sortis de ce bâtiment par cette même porte.

Ce 23 décembre 2018, il ne reste que nous, vingt hommes, dans le Fight Club. L'établissement se situe au sous-sol d'un bâtiment quelconque, avec ses appartements et ses commerces. Impossible d'entrer par hasard. La clientèle du Fight Club est uniquement composée d'hommes qui désirent entrer en contact avec d'autres hommes, et les employés sont eux-mêmes des hommes. Quand je dis « entrer en contact », je ne parle pas de lutte, mais strictement de relations sexuelles. L'admission est de 1 500 yens. Ouverture de 15 heures à minuit. Dress code : complètement nu. Tout est affiché sur leur site web en petites lettres pixelisées. Le logo « FIGHT CLUB » flotte en lettres bleu clair sur un arrière-plan bleu foncé, comme un fond à effets spéciaux, et on comprend tout de suite que le fichier image a été copié-collé directement dessus. Ce n'est pas un site de grande qualité.

La structure du Fight Club ressemble beaucoup à celle d'un manga café. À l'intérieur, de grands panneaux dessinent un chemin et délimitent les « chambres ». Sur ce chemin, les hommes se promènent, cherchent à se rencontrer. Quand un couple se forme, il se dirige vers les petites « chambres » pour coucher ensemble. Ce système rappelle un peu celui d'un hôtel. On trouve un partenaire et on l'invite dans sa chambre. Le Fight Club est une reconstitution miniature et strictement masculine de ce qui se passe au Ritz Carlton de Roppongi, ou encore dans les love hotels d'Ikebukuro. Entre autres choses, le Fight Club sert surtout de lieu de rencontres homosexuelles avec une particularité notable : les chambres ne sont jamais assignées, et chacun peut utiliser n'importe quelle chambre tant que celle-ci est libre. Hypothétiquement, si un cadavre était découvert dans une chambre d'hôtel, les suspects principaux seraient les dernières personnes qui y ont passé la nuit. Mais ce genre de logique ne peut pas s'appliquer au Fight Club.

16 h 30. Quelqu'un découvre le corps d'Ibuki, complètement recouvert de sang. Écroulé sur un matelas en similicuir, Ibuki a 26 ans. Il mesure

1 mètre 88, et pèse environ 80 kilos. Son anniversaire est dans un mois. Né d'un parent afro-américain et d'un parent japonais, il gagne sa vie en filmant ses propres pornos amateur.

Son dernier tweet est un selfie. Dessus, il porte un ensemble de jogging qui dévoile son ventre et un suspensoir Nike qui laisse entrevoir sa peau foncée. Ses muscles dessinent de belles lignes creuses le long de son corps, tordu de façon à afficher ses fesses en même temps que son visage. Sa tête est tournée vers sa main droite, qui tient son portable, et son visage est figé telle une statue de Bouddha. Il ne croise jamais les yeux de ses spectateurs de l'autre côté de leur écran.

Ibuki regarde l'objectif uniquement lorsqu'il filme ses pornos. C'est toujours son partenaire de scène qui tient la caméra. Ibuki part plusieurs fois par an à l'étranger et se filme en train de coucher avec d'autres hommes qui ont le même mode de vie que lui, puis publie ses vidéos sur un site payant. Dans ces dernières, on peut voir des fragments de bras d'hommes de toutes les couleurs de peau qui filment Ibuki en POV. Sûrement bloqué par un complexe tordu qui l'empêche de les montrer dans ses vidéos, il n'a jamais demandé à un Japonais de lui servir de partenaire alors qu'il couche régulièrement avec dans la vraie vie.

Sa dernière vidéo se passe de nuit. Dans la pénombre bleutée, on distingue faiblement les draps, la lampe de chevet et les décorations accrochées au mur. Seule la peau d'Ibuki, dont les contours disparaissent dans l'obscurité, se confond avec le bleu qui enveloppe la chambre. Son partenaire aussi est bleu, et sa voix est poisseuse – de l'espagnol, je pense –, durcie par de subtiles consonnes fricatives. Le jeune homme saisit le menton d'Ibuki. Ses doigts plats, à un point tel que l'on dirait que quelqu'un lui a écrasé les ongles, s'enfoncent à l'intérieur de la chair comme pour analyser son ossature. Ibuki lui jette un regard incertain. Ses yeux fixent l'écran.

La vidéo s'arrête et la scène suivante montre le sexe de l'homme qui pénètre la bouche d'Ibuki. Les veines de son cou sont gonflées, comme gorgées d'eau, et, à chaque fois que le pénis se retire, des filets de bave encore plus épais que ses veines coulent de sa bouche et dégoulinent comme du sirop. Ibuki extirpe le sexe de sa bouche et reprend son souffle comme s'il venait de mettre la tête sous l'eau. Il fixe encore la caméra. Ses yeux, juste avant rouges et embués, redeviennent clairs en un instant. Ibuki hausse le sourcil droit, comme pour se moquer d'une situation décevante. Voilà pour sa dernière vidéo.

Je ne sais pas combien de personnes au juste ont vu ses vidéos. Seuls ceux qui connaissaient déjà Ibuki, personnellement ou non, savaient qu'il se filmait et payaient pour le voir. C'est une certaine provocation, tweetée par Ibuki, qui l'a fait sortir de son cercle habituel.

Solitude

Un été, il a publié ce mot accompagné de trois images, toutes des captures d'écran de journal télé.

La première affichait : *La communauté LGBT n'est pas productive*, citation d'une députée qui avait fait polémique peu avant. La deuxième et la troisième affichaient les menaces d'un autre député envers un allié de la communauté LGBT : *Continue de les défendre comme ça si tu veux que ton gosse finisse complètement défiguré, que sa cervelle dégouline de son crâne et qu'il se fasse écraser par une bagnole !*

Ce genre de tweets combattent le poison par le poison, et provoquent en polarisant le débat. Juste après sa publication, le message d'Ibuki s'est attiré un grand nombre de réponses approbatives, et il est devenu viral.

Mais les choses n'en sont pas restées là. Il y avait une multitude de failles dans la logique d'Ibuki.

Même en réponse à une insulte, la citation directe d'une menace n'était-elle pas une réactualisation de l'attaque elle-même ? Voir son enfant se faire renverser constituait-il un châtiment ? Perdre un enfant n'était-il pas encore plus tragique que ne pas en avoir du tout ? S'imaginait-il seulement la tragédie que vivent les gens qui ont perdu un enfant ? Dans le cas contraire, était-ce parce qu'Ibuki était un homme qui n'avait aucune intention d'en élever ? Le tweet ne risquait-il pas d'entraîner de nouvelles personnes à proférer des clichés tels que « si tu ne peux pas l'imaginer, c'est peut-être parce que tu n'as aucune intention de fonder une famille » ? Ce qui, dans ce cas, nuirait aux personnes concernées, la communauté LGBT.

Le tweet d'Ibuki avait commencé à s'attirer des accusations et des critiques de ce type. Les réponses s'enchaînaient, dégénéraient, et des personnes qui n'avaient aucun rapport avec Ibuki s'immisçaient de part et d'autre du débat. Ibuki, quant à lui, n'a pas participé une seule fois à la discussion.

En reprenant la haine des dominants à leur compte, les dominés s'enflamment et répondent de façon tout aussi haineuse, engendrant des tensions encore plus importantes. Ce n'était rien de nouveau. Ibuki semblait comprendre cela, et il a donc tweeté : *ANGER REFRACTS*, la colère réfracte. Vers la fin de l'automne, Ibuki a posté cette simple phrase accompagnée d'une photo de lui, paré d'un arc-en-ciel.

Ibuki posait à la fenêtre d'un hôtel, et le soleil brûlait d'une chaleur rouge au fond d'un ciel de traîne bleu. C'était soit tôt le matin, soit à la tombée du jour. Le soleil passait à travers un genre de chandelier et venait se briser sur le corps nu d'Ibuki. La photo était coupée au ras de son pubis, et la lumière éclaboussait sa peau en plusieurs fragments d'arc-en-ciel. Des filets de lumière rouges égratignaient son corps et des halos bleus lui tavelaient la chair, comme des hématomes. Ibuki était quelqu'un d'un peu déconcertant. Il aimait peut-être déchaîner les passions, attirant l'affection des uns et suscitant la haine des autres, mais ne semblait pas conscient de l'ampleur de son manège. Ses provocations ne touchaient pas seulement des anonymes de l'autre côté de l'écran : elles provoquaient aussi des personnes assez proches de lui pour l'atteindre physiquement.

Puis l'hiver est venu, et avec lui cette après-midi fatidique.

* * *

14 heures.

J'arrive au Fight Club à l'heure de mon rendez-vous avec Ibuki.

12:00
Perso j'y vais, tu viens ?
Vers genre 14 heures

12:19
Viens plutôt chez moi lol

12:20
Ça m'excite plus quand y a d'autres mecs lol

Un mensonge au hasard. Je suis prêt à raconter n'importe quoi pour l'attirer au sous-sol.

12:38
D'acc lol

Puis plus aucun message de sa part, ni le moindre signe qu'il soit arrivé.

14:00
Y a pas mal de monde

Je lui envoie ce message pour lui faire savoir que je suis arrivé.

Le dimanche après-midi, les vestiaires sont toujours presque complets. Les hommes qui viennent au Fight Club ne sont jamais très différents les uns des autres. Tous ont à peu près le même âge, la même corpulence, la peau plus ou moins claire et des muscles plus ou moins saillants. Il n'y a pas vraiment de discussion. De la musique *trance* baigne le mutisme ambiant. Apparemment, toutes les ampoules sont en verre bleu, illuminant l'espace d'une lumière azurée. Personne ne danse. Pas besoin de sourire superflu. Les hommes se promènent en silence dans les couloirs et utilisent leur corps pour formuler des commandes lapidaires.

L'homme A frôle les doigts de l'homme B en passant : *J'ai envie.* L'homme B se laisse mollement faire : *En attente.* A continue de toucher B : *J'ai envie*. Les muscles de B se raidissent au contact de A : *J'ai envie*. Les négociations entre A et B bloquent le passage dans le couloir. C les bouscule en passant : *Tu gênes*.

C avance, trouve un endroit où se poster et s'adosse au mur, les bras croisés. Ses bras cognent doucement l'épaule de D : *Tu gênes*. Leurs peaux ne se décollent pas : *En attente*. Dans l'obscurité, où les paroles sont totalement désarticulées, la haine se transforme vite en affection.

14 h 22.

L'horloge digitale accrochée au mur brille. Les gémissements d'un homme résonnent dans une chambre. Sa voix aussi est une commande. J'arrive facilement à différencier un halètement bestial d'un halètement de commande. Mon cerveau se fait tout de suite une image de la gorge et des poumons qui gémissent de l'autre côté du mur.

Le Fight Club dispose d'une alcôve qui peut à peine contenir cinq personnes. Trois hommes y sont entremêlés. E est accroupi et s'occupe du sexe de F mais F est en train d'embrasser G. Dépassant le stade du simple baiser, F et G commencent à s'enlacer. *J'ai envie. J'ai envie*. Ils émettent tous deux cette commande au-dessus de E, qui ne s'en aperçoit pas. F plonge la main vers son entrejambe et retire son sexe de la bouche de E. *Tu gênes.*

A, B, C, D… N'importe qui peut jouer n'importe quel rôle. Les hommes en bleu se promènent dans les couloirs du Fight Club, changeant de rôle au fur et à mesure de leur visite.

***

13:15
Je vais avoir 30 minutes de retard

En voyant son message, j'ai tout de suite su qu'Ibuki aurait au moins une heure de retard. À 14 h 40, il arrive, sa peau d'un bleu bien plus foncé que celle des autres. Ibuki n'est pas couvert de sang à ce moment-là. Il est encore pur. Il s'approche des vestiaires sans vraiment réfléchir au fait que son gilet, mouillé par la pluie, effleure la peau des autres hommes.

Ibuki habite dans une tour chic assez proche du Fight Club et peut facilement venir à pied. Il a dû prendre une douche juste avant de partir car ses cheveux sont mouillés. Je lui demande : « On se douche ? » en pointant les cabines du doigt. Ibuki répond : « J'en ai déjà pris une » en secouant la tête et commence à se déshabiller.

J'arrive à catégoriser les regards que les hommes jettent sur Ibuki. Ceux qui suivent son visage des yeux font partie de la catégorie *Je connais*. Ceux qui scrutent prudemment son corps font partie de la catégorie *Connais pas*. Parmi les *Connais pas*, il est plus difficile de différencier les *J'ai envie* des *Pas intéressé* par Ibuki, qui, pour eux, n'est qu'un métis quelconque dans la pénombre du Fight Club. Ceux qui font une mine hébétée sont certainement des *Pas intéressé*.

Les hommes oublient rapidement qu'ils sont eux-mêmes observés, et n'ont alors plus aucun filtre.

Il y en a qui, non contents de faire partie des *Pas intéressé*, montrent clairement leur dégoût à Ibuki. Ce genre d'hommes ne formulent même plus de commande. Certains l'évitent aussi du regard, à la manière des *Pas intéressé*, mais leur corps se tend pour dire *J'ai envie*, comme si une sorte de dissonance mentale les poussait à émettre des commandes contradictoires.

Cette après-midi, personne ne touche Ibuki. Les seuls qui le font d'habitude sont fétichistes et ne s'intéressent qu'aux étrangers. Certains aiment les Noirs, d'autres préfèrent les célébrités. Mais qu'importe l'ethnie, le sang est toujours rouge ; pour une personne exclusivement assoiffée de sang, n'importe qui aurait pu faire l'affaire – rien n'obligeait à ce que la victime soit Ibuki.

Je tire Ibuki par la main vers l'une des chambres. On s'écroule sur le matelas sans se donner la peine d'allumer. Notre peau se fond dans la pénombre et le corps d'Ibuki se met à sécréter un liquide invisible à l'œil. Je lèche ces gouttes incolores pour comprendre de quoi il s'agit. J'y devine la salive d'Ibuki, empreinte de xylitol ; la sueur d'Ibuki, un mélange sucré comme de la crème et salé comme du sang ; le sperme d'Ibuki, dont le goût iodé, extrêmement concentré, fleure la marée avant de prendre une odeur de fauve. Ma sueur y est sûrement mélangée. Bientôt, la température de la chambre grimpe.

« J'ai pas l'habitude de complimenter mes partenaires, mais c'est avec toi que c'est le mieux, dit Ibuki en agrippant mon sexe alors qu'on est tous les deux allongés, fatigués de notre étreinte. Parce qu'il est bien dur et bien gros.

— T'as qu'à t'acheter un gode bien dur et bien gros.

— Mais les godes n'ont pas de pouls », chuchote-t-il.

Il n'a pas l'air de remarquer que je viens de lui lancer une pique. Il serre la main qui tient mon sexe. Je fixe le plafond. Ce dernier, fait de béton, attire la poussière et est strié de tubes de fonction inconnue. Ces tubes, aussi épais qu'un bras, sont recouverts de ruban adhésif qui les incurve de force, tant et si bien que les joints commencent à se déchirer. On aperçoit des câbles bleus et rouges à travers les fissures. Certains ont cédé à l'usure et laissent entrevoir des filaments de métal complètement défaits.

Ibuki continue de toucher mon sexe, comme s'il voulait défaire les nœuds à l'intérieur. Mon sexe est redevenu flasque, et le sperme commence à sécher dessus. En réponse à ses doigts, une sensation de brûlure intense apparaît dans mon entrejambe. Je retire sa main en faisant mine de m'asseoir. Un silence bizarre tombe et je comprends qu'Ibuki attendait le bon moment pour me dire quelque chose.

« T'as réfléchi à ma proposition ? me demande-t-il.

— J'ai réfléchi. »

Un jour, Ibuki m'a demandé si je voulais faire des vidéos avec lui. « J'ai déjà pas mal de succès tout seul. Je suis sûr qu'on aurait un succès énorme à deux. » C'était comme ça qu'il voyait les choses. Les gens aiment les couples, expliquait-il en cherchant l'approbation d'une personne invisible.

J'ai refusé d'aller chez lui parce que je sentais que ça allait virer au tournage porno. Je ne sais pas pourquoi mais j'hésitais à faire passer ma relation avec Ibuki à l'étape supérieure en dehors du Fight Club.

J'avale ma salive en lui répondant : « Je suis pas trop chaud, là. » Un bruit de verre brisé résonne au fond de mes tympans. À cause du silence, j'entends clairement chaque son à l'intérieur de mon corps.

« C'est vrai que t'as ton boulot, répond brusquement Ibuki.

— Ouais, j'ai mon boulot.

— Et puis t'hésites.

— J'hésite ?

— C'est normal de penser comme ça.

— Ça t'a fait la même chose ? »

Hmm... Ibuki s'apprêtait à répondre que oui, mais il s'est ravisé. J'ai toujours détesté cette hésitation qui le fait changer d'avis alors qu'il est sur le point de tomber d'accord avec moi.

« Après, la honte, c'est juste une illusion, tu sais. Et puis, c'est beaucoup plus élégant que la vraie douleur.

— La vraie douleur ?

— Ouais.

— Tu l'as vécue ?

— Je l'ai vécue.

— La vraie douleur ?
— Ouais. »

Ibuki se tait.

Je tourne la tête vers lui pour lui demander si c'est tout, et je distingue son oreille.

Les oreilles d'Ibuki sont l'image parfaite des oreilles en chou-fleur. Je ne sais pas quel art martial lui a fait subir ça. Elles sont toutes bosselées, comme si un enfant s'était amusé à les sculpter maladroitement avec de l'argile.

« Moi aussi, je trouve que la violence est nettement plus difficile à supporter que la honte, dis-je. Dans mon club, à l'école, ils nous faisaient faire des trucs vachement pénibles. Comparée à la douleur de ces moments-là, je trouve que la honte ordinaire, c'est rien. Dans mon club, c'était juste des sports de ballon, mais on n'avait pas le droit de boire de l'eau et on devait pousser des cris d'encouragement avec tout le monde. Il faisait tellement sec en hiver que ça nous arrivait de cracher du sang. Un jour, je me suis aussi pris un ballon dans la tête qui m'a arraché la mâchoire. Maintenant, on ne voit plus trop mes cicatrices mais la plaie allait jusqu'à l'os et je me souviens même que le sang qui coulait de mon visage avait une couleur complètement différente du sang normal. En fait, le sang qui provient de blessures graves a l'air quasiment bleu. C'est quand même rouge, mais le bleu prend le pas… Les autres aussi se blessaient beaucoup : on tournait le robinet pour boire pendant les pauses, et, à un moment, l'un des gamins est tombé dessus alors qu'il était encore orienté vers le haut et une partie entière de sa fesse y est restée. Ce n'était pas à cause du sport en soi, on faisait surtout les abrutis, mais je me souviens encore de ce bout de chair resté coincé sur le robinet. Quand je l'ai vu briller, j'ai cru que j'allais m'évanouir pour la première fois. Même maintenant, j'ai du mal à regarder les robinets de pierre dans les parcs. »

Je n'arrive plus à m'arrêter et je raconte à Ibuki toutes les fois où j'ai vu du sang ou de la chair, en riant à moitié. Ibuki ponctue ma tirade de « wow » et de « ah ouais » vagues.

La colère réfracte, mais il lui faut du temps. Moi aussi, je prends un peu trop mon temps lors de notre dernière conversation. Le temps que je calme mon émotion et que je mette des mots dessus, la sueur a déjà refroidi mon corps. On sort de la pièce embuée de chaleur. L'horloge accrochée au mur affiche 15 h 15. Je m'en souviens encore car c'est une série de chiffres assez frappante. On prend nos douches séparément, et, alors que je continue de me promener dans les couloirs du Fight Club, je ne croise plus Ibuki nulle part. Je me dis qu'il a dû rentrer chez lui, mais il réapparaît soudain.

On se tient chacun à un bout du couloir, distants de quinze mètres environ. Plusieurs hommes déambulent entre nous. Je guette Ibuki, sporadiquement dissimulé par le visage des uns et les épaules des autres. Il est adossé sur une partie de mur en béton. C'est le mur du bâtiment lui-même, pas les cloisons lisses du Fight Club. Le béton ressort légèrement dans la pénombre et brouille les contours de la peau sombre d'Ibuki.

De profil, Ibuki ne me remarque pas. Son arcade sourcilière se découpe clairement sur le mur de béton et recouvre ses yeux d'une ombre en forme de lunettes de soleil. Ses pupilles, ordinairement brillantes, ont perdu leur éclat. Ses cils recourbés tremblent délicatement. Je me dis qu'Ibuki n'a jamais vu la beauté de son propre profil et ça me semble extrêmement dommage.

Ses cils battent comme des ailes. Dans la pénombre, il suit quelque chose des yeux. Et, en effet, le bras de quelqu'un s'allonge vers lui en ondulant. Le bras caresse son flanc et émet la commande *J'ai envie*. Ibuki répond *En attente*. Le propriétaire du bras sort de la pénombre. L'homme s'approche d'Ibuki et leurs deux profils se font face. S'ils peuvent se regarder à l'horizontale, cela veut dire qu'ils font tous deux à peu près la même taille. Alors que la silhouette d'Ibuki se brouille, les contours de l'autre homme ressortent faiblement. Le béton, dont la lueur était le moyen terme parfait entre la carnation de l'un et de l'autre, souligne le contraste de leurs peaux. Il est possible que ce soit un Coréen ou un Taïwanais en vacances, mais c'est plus probablement un Japonais. Je n'ai pas l'impression de le croiser pour la première fois, ce qui veut dire que je l'ai déjà vu dans le Fight Club auparavant ou que ça fait quelques heures déjà que je le regarde se promener du coin de l'œil sans vraiment y faire attention.

L'expression de l'homme m'échappe. Son front lisse brille au-dessus de son arcade sourcilière. Ses yeux sombres sont enfoncés dans son visage. Il n'a pas de frange. Tous mes souvenirs dépendent de la luminosité et de la manière dont il se place à ce moment-là.

L'homme se penche et approche son visage de la poitrine d'Ibuki. Son nez, de taille normale, renifle de haut en bas, tel un rapace qui examine sa proie. Ibuki essaye de reculer devant la pression de l'homme mais le mur derrière l'en empêche. Plutôt : ce n'est pas vraiment le mur qui l'en empêche ; il fait semblant de ne pas pouvoir bouger. L'homme enfonce le nez dans la poitrine d'Ibuki. Sa bouche s'entrouvre, découvrant ses dents, qu'il enfonce dans la chair offerte. Les muscles de sa mâchoire se tendent, comme s'il était en train de mâcher. N'en pouvant plus, Ibuki le repousse. Ce n'est pas un rejet mais une invite à « entrer » dans une chambre. J'ai l'impression de regarder un film au ralenti qui, tout à coup, reprend sa vitesse de lecture normale, et la paire disparaît.

Dans le couloir, les hommes continuent de se promener. Un autre homme prend rapidement la place d'Ibuki. Il a l'air asiatique, et sa peau claire vient remplacer l'empreinte qu'Ibuki a laissée sur le mur. Las de ne rien faire, j'invite l'homme dans une chambre. Après avoir couché avec lui, je ferme les yeux, enlaçant mon compagnon. Quand je les rouvre, le poids de l'homme dans mes bras a disparu. Quelques instants plus tard, j'entends des bruits de pas saccadés résonner dans le matelas. Je me frotte les yeux, pensant qu'il s'agit seulement d'un petit tremblement de terre.

16 h 30. Quelqu'un découvre le corps d'Ibuki recouvert de sang. Mis au courant, les employés s'empressent d'appeler les urgences et la police, tandis que la clientèle se dépêche de se rhabiller. Alors que tout le monde se réfugie dans les vestiaires, un calme étrange envahit le couloir vide.

Une paire de jambes, visible par la porte coulissante, dépasse de la chambre dans laquelle Ibuki est entré avant le drame. L'ampoule accrochée au plafond oscille lentement, dessinant un gradient de lumière au mur. Le matelas en similicuir posé par terre crée une phosphorescence qui semble flotter sur un plan d'eau. Je comprends tout de suite qu'il est complètement trempé. L'aperçu que j'ai des jambes s'élargit à chaque pas que je fais en direction de la chambre. Je ne connais pas le nom de la partie du corps qui se trouve entre le mollet et la cheville, mais celle d'Ibuki est beaucoup plus longue que celle d'un Japonais ordinaire. Quand je me retrouve face à la porte, je distingue ses talons. Anguleux, ils s'enfoncent légèrement dans le matelas, et ses ongles brillent au bout de ses orteils tendus. On dirait qu'il a été électrocuté. Je passe la tête par la porte sans entrer. Au-dessus du matelas inondé, l'ampoule tangue loin de moi. Les reflets de lumière se brisent contre les plis du similicuir et dansent sur la surface irrégulière du liquide. L'auréole de l'ampoule se détache enfin du matelas pour illuminer les jambes d'Ibuki. Son corps est aussi trempé que le similicuir. Des éclats de lumière constellent ses cuisses nues.

Je comprends rapidement que le liquide qui se répand sur le matelas n'est pas de l'eau. La peau d'Ibuki est recouverte de son propre sang et de sa propre merde, comme si quelqu'un avait voulu la profaner. Il est tout à fait normal que les muqueuses se déchirent pendant la sodomie, puisqu'on irrite les intestins, et il arrive aussi que quelques traces de selles se retrouvent sur les draps. Le sang et la merde, dont je suis censé connaître l'odeur, ne sont pas étrangers au sexe. Seulement, les relents sont si forts ici que les larmes me montent immédiatement aux yeux. Les gens croient que, du sang et de la merde, c'est la merde qui sent le plus fort, mais en vérité les deux odeurs se ressemblent énormément, ou du moins c'est ce qu'on inculque à notre système nerveux. Plus je m'approche, moins l'odeur devient supportable, comme si Ibuki lui-même était sale. J'abandonne l'idée de le prendre dans mes bras alors que je viens tout juste de le toucher.

Ibuki ne bouge pas. Je ne sais pas s'il est encore vivant ou s'il est mort. Chose étrange : son torse est couvert de mouchoirs en papier. Les hommes qui utilisent les chambres jettent toujours de grandes quantités de mouchoirs imbibés de salive, de sperme et de lubrifiant qui s'accumulent dans les poubelles. En l'occurrence, l'amas de mouchoirs n'est pas simplement jeté sur le corps d'Ibuki mais collé avec acharnement sur sa peau, comme les boules de papier froissé qu'on voit dans des fêtes d'école maternelle ou à des festivals locaux. Les mouchoirs dessinent un sourire sur son corps, qui contraste totalement avec l'atmosphère de la chambre. Peut-être que ces mouchoirs représentent la joie de quelqu'un. Je ne devrais pas limiter le panel de suspects à un seul coupable car il est possible que l'agression d'Ibuki soit l'œuvre de plusieurs personnes. On est une vingtaine dans le Fight Club mais je suis le seul à vivre un véritable traumatisme devant son corps. Quand je pense au nombre de personnes qui ont utilisé ces mouchoirs, un haut-le-cœur me traverse.

J'attrape les mouchoirs du bout de mes doigts tremblants et je les décolle un par un. Les mouchoirs ont absorbé le sang d'Ibuki, tant et si bien qu'une partie seulement se décolle et que le papier laisse une pellicule transparente sur sa peau quand j'essaie de tirer dessus. J'en décolle aussi de son visage. Je vois enfin ses joues, striées de lignes rouges imprimées par les mouchoirs trempés de sang. On dirait qu'il s'est écroulé de fatigue, la tête la première sur des draps froissés. Je place mes doigts sous son nez et j'ai comme l'impression de sentir un souffle chaud. J'ai beau me concentrer, je ne sens pas d'autre expiration. Peut-être que son souffle est trop faible, ou peut-être que ce que j'ai senti sur mes doigts n'était qu'une dernière vague de chaleur en train de quitter son corps froid.

Les boules de mouchoirs ne sont pas seulement collées à sa peau. Il y en a entre ses lèvres, coincées sous ses aisselles, et même enfoncées dans la raie de ses fesses. Choqué par ce spectacle aberrant, je me rends compte après coup que le coupable s'est sûrement livré à cette mise en scène pour prévenir toute analyse ADN du corps. Une grande quantité de sang a coagulé autour du cou d'Ibuki. Je ne comprends pas si le sang a coulé de quelque part et s'est accumulé autour de son cou, ou si son cou est la plaie béante elle-même. Les mouchoirs ont absorbé tellement de sang qu'ils commencent à se fondre en une seule couche de charpie ensanglantée et je n'arrive plus à les détacher un par un. Essayant de ne pas trop abîmer la peau d'Ibuki, je retire les filets de mouchoirs et de petites bulles de sang éclatent entre mes doigts raides.

J'atteins enfin son torse, où la peau que j'ai touchée quelques instants plus tôt n'existe plus. Des lignes, certaines profondes, certaines superficielles, parcourent ses bras et sa poitrine, lacèrent sa peau. Je pense voir un motif se dessiner dans les plaies d'Ibuki, mais plus je décolle les mouchoirs et plus je dois me rendre au fait que je suis en train de déchiffrer des lettres. Celles-ci, taillées de ses côtes à ses hanches, sont si faciles à lire qu'on les dirait tracées à la règle.

Vu le nombre de lésions, j'aurais dû percevoir des cris de douleur, ou alors des bruits de lutte, mais je n'ai rien entendu. Le coupable a sûrement endormi Ibuki avant de lui infliger ces blessures. Il a dû utiliser une seringue mais j'ai le plus grand mal à déceler une marque de piqûre au milieu de tout ce sang. Le Fight Club n'est pas un bar ou une boîte de nuit, donc il est plus probable que le coupable lui ait directement injecté un somnifère au lieu de le mettre dans un verre. Il a certainement agi de cette manière pour commettre son crime tranquillement, mais peut-être aussi qu'il avait peur d'Ibuki. Le mot tracé sur son ventre, qui compare sa peau à quelque chose d'autre, est une insulte puérile à laquelle Ibuki aurait pu répondre du tac au tac. Ce genre de moquerie, qui relie la couleur de peau à autre chose de la même teinte, existe dans tous les pays, dans toutes les langues et dans toutes les sociétés. Il n'y a pas vraiment de rapport entre la couleur et la substance des choses, de sorte que ces insultes sont illogiques ; du moins, c'est ce que j'ai lu quelque part. J'essaie de me concentrer sur la peau d'Ibuki plutôt que sur ses plaies. Elle miroite, recouverte de sang, et semble aspirée par le trou noir des ténèbres, mais je suis certain qu'une autre couleur se cache au milieu de ce tableau. J'appose mes mains sur la peau d'Ibuki, mort ou peut-être toujours vivant, et, à la manière d'un défibrillateur, je tente de raviver sa carnation. Je mets toutes mes forces à me rappeler sa véritable couleur, celle de la nuit, de ses yeux, des dernières lueurs de l'été quand elles ont perdu leur ton bleu.

Je tente d'analyser les lettres une seconde fois, mais le sang qui continue de jaillir de ses plaies m'empêche de lire. Son bras droit, tordu contre le mur, a l'air si douloureux que je veux à tout prix le détendre. Je le soulève en forçant un peu. Il a déjà commencé à raidir et son sang, qui paraissait coagulé, se met à déborder partout. La peau d'Ibuki, que le couteau du coupable a comparée à autre chose, se recouvre aussitôt de sang. Les filets de liquide serpentent prestement le long de mes bras, et, lorsqu'ils se dirigent vers mes coudes, une vague d'angoisse me submerge. Je repose son bras, mes doigts se détachent un par un de son poignet anguleux et je vois mes empreintes digitales s'imprimer sur la pellicule rouge qui tapisse sa peau, mais celles-ci sont très vite recouvertes par la course folle de l'hémoglobine. Je ne sais pas combien de temps j'observe le phénomène. Quand mes empreintes sont totalement ensevelies, j'ai l'impression que les doigts d'Ibuki ne sont plus à la même place.

Je ne sais pas s'il a vraiment bougé ou non. Dans l'obscurité du Fight Club, les images se chevauchent à une vitesse démesurée et les doigts d'Ibuki n'ont pas vraiment remué. J'ai plutôt eu l'impression que deux images fixes se superposaient. Il est plus logique de penser que mon esprit m'a joué un tour, ou que le sommeil d'Ibuki devient de plus en plus léger. Je vois ses paupières bouger, comme si elles menaçaient de s'ouvrir à tout moment. Je me lève et je prends le couloir en sens inverse pour trouver le coupable.

Les hommes se dépêchent de se rhabiller dans les vestiaires comme un escadron au lever du jour. C'en serait presque comique si je n'étais pas au courant de la situation actuelle. L'un des clients remarque mes bras tachés de sang. Je croise le regard d'un autre homme. Quelque chose semble s'éveiller en lui mais il le ravale tout de suite et il se remet à s'habiller. Certains sont tellement absorbés par leur toilette qu'ils ne me remarquent même pas. Je m'aperçois aussi que d'autres clients pensent comprendre ce qui s'est passé et se disent seulement que « c'est comme ça ».

Les casiers grincent, quelqu'un pince le fil d'un bouton de chemise, les talons des chaussures en cuir claquent dans l'entrée. Un employé a arrêté la musique qui étouffe d'habitude les bruits, et le tintamarre du quotidien qui résonne de part et d'autre du Fight Club fait fuir la clientèle à toute allure. Le coupable s'est sûrement dissimulé au milieu de tout ce vacarme. Je vois une queue de gens agacés se former devant les douches et les toilettes. L'eau coule dans les tuyaux. J'entends des retours d'air. J'ai l'impression qu'une preuve importante transite vers les égouts. Les mains des hommes qui sortent des toilettes sont souillées de gouttes transparentes.

La plupart des hommes finissent de se rhabiller. Sous la lumière bleue, les peaux de couleurs similaires se recouvrent de vêtements similaires. Quelqu'un tire son jean d'un casier. Un costume vole et atterrit sur les épaules d'un autre. On secoue un gilet qui sème des gouttes de pluie par terre. Les vêtements de luxe et les vêtements bas de gamme ont tous à peu près la même nuance de bleu. Même dans le sous-sol azur, la teinte des vêtements ressort. Comparées aux corps nus dont la sueur et les effluves reflétaient la lumière du chemin, ces matières teintées industriellement rayonnent.

Essayant de me convaincre qu'il y a une différence manifeste entre ces hommes qui se revêtent de bleu à la hâte et moi, je commence à m'habiller sans prendre le temps d'essuyer le sang et la merde d'Ibuki. Le sang imbibe ma chemise blanche, mais ma veste vient recouvrir le tout.

La horde bleue se dirige vers la sortie et rétrécit peu à peu. Ces hommes, pleins de vivacité et d'agressivité sans leurs vêtements, font profil bas et respectent les codes de la société dès lors qu'ils se rhabillent. Ça me fait froid dans le dos.

Les serviettes que les hommes se hâtent de rendre aux employés s'empilent de plus en plus haut devant la vitre sans tain de l'accueil. Entre les serviettes, on aperçoit aussi des clés de casiers jetées dans la précipitation. Je distingue les numéros 11, 2 et 3, comme ceux qu'on voit sur les élastiques tordus des clés pour les placards de rangement.

Les hommes s'enfuient vers la surface comme les oiseaux disparaissent dans le crépuscule. Je suis le dernier à sortir. Il ne reste que les employés et Ibuki dans le Fight Club. Je monte les escaliers en béton mat et je pousse la porte bordée d'inox, laissant de légères traces de doigts dessus. La pluie vient de s'arrêter et l'asphalte mouillé reflète la lumière du feu rouge. La police et les urgences ne sont pas encore arrivées.

Le Fight Club se trouve au croisement de trois routes : une colline qui monte vers la station de métro, une nationale surélevée qui mène vers Shibuya et une ruelle sombre à sens unique. Je n'ai absolument aucune idée de quelle route le coupable a pu prendre. Je les observe l'une après l'autre et je fais mon choix en fonction du nombre de passants et de l'atmosphère qui baigne chacune d'elles. Je bouscule un couple qui descend la colline, vêtu d'un costume bleu et d'un manteau rouge. Je ne sais pas vraiment qui est en tort mais c'est certainement moi. Je hoche la tête, l'air de rien, et je continue mon chemin vers la station. Je sens que l'agitation qui m'a aiguillonné commence à se calmer.

Le soleil se couche comme il le fait chaque jour à la surface, et les rues sont plutôt bondées pour un dimanche. Je me rappelle qu'aujourd'hui est un jour férié, et que demain sera le réveillon de Noël. Même dans mon état de frénésie, je suis conscient que ce n'est ni l'endroit ni le moment de m'effondrer.

La colline trace une ligne vers la station. Les silhouettes des hommes sont alignées, confondues en une seule personne qui se noie peu à peu dans l'ombre. Plus les silhouettes s'éloignent et plus elles rapetissent, plus elles rapetissent et plus elles s'assombrissent, et elles se ressemblent tant qu'il est impossible de les distinguer. Je décide de les dépasser individuellement et d'examiner chaque visage. J'entreprends donc de remonter la pente. Je presse le pas et, en baissant les yeux, je m'aperçois que, comme tous les autres, je porte un costume bleu : de la veste aux chaussures, je suis le portrait craché des hommes qui sont alignés devant moi. Je me retourne furtivement sur l'inconnu que je viens de doubler mais je n'ai jamais vu son visage. En jetant un simple coup d'œil au profil du deuxième, je ne me rappelle pas tout de suite qu'il était avec moi dans le Fight Club mais, quand je croise son regard, ses joues tremblent de manière incontrôlable. Sa réaction me paraît louche, comme celle d'un homme qui a quelque chose à cacher, et je me rends alors compte qu'il vient de fuir le sous-sol. Le troisième homme est aussi client du Fight Club, mais il a l'air d'avoir déjà tout oublié : il ne me remarque même pas. J'envie ses paupières lourdes du plus profond de mon cœur. J'envie cet homme qui ne se rappelle pas qu'il vient de s'enfuir. Derrière lui, le deuxième homme me regarde. Sa mâchoire grince de la droite vers la gauche, comme s'il n'arrivait pas à avaler un morceau de viande – comme s'il contemplait quelque chose d'immonde.

Je continue à dévisager les hommes que je dépasse. Je ne connais ni le quatrième ni le cinquième. Le sixième est avec une femme. Le septième et le huitième aussi. Plus je m'approche de la station et plus je constate que tous les hommes ou presque marchent à côté d'une femme.

Je ne compte même plus le nombre de personnes que j'ai déjà doublées quand je croise le regard d'un homme. Une voiture remonte la pente et le rouge des phares trace le contour de ses oreilles et de sa mâchoire. La lumière pourpre éclaire faiblement une petite cicatrice près de sa narine. Tout à coup, je me rappelle avoir déjà vu cette cicatrice au Fight Club. Celle-ci ne m'a pas du tout marqué quand je me promenais au sous-sol, mais le fait qu'elle ravive à ce point ma mémoire me laisse un mauvais goût dans la bouche et me serre le cœur. Pourtant, tout ça n'a aucune importance. Revoir un homme avec une petite cicatrice près de la narine ne présente aucun intérêt. Par ailleurs, cet homme est beaucoup plus petit qu'Ibuki et que son dernier partenaire. Je comprends que ce que je suis en train de faire ne sert pas à grand-chose, tout comme les caméras de surveillance perchées sur les poteaux électriques. La voiture qui a illuminé l'homme continue son chemin, déposant une pellicule rouge sur la colline.

Soudain, l'odeur de sang et de merde ressurgit dans mes narines, comme si je venais de me rendre compte que quelqu'un me suivait depuis le début. Peut-être qu'au moment où je me suis excusé d'avoir bousculé le couple en sortant du bâtiment, mon habitude de me cacher la bouche avec la main a déposé l'odeur sur mon visage. Même si je ne la vois pas, la saleté est sûrement collée quelque part sur mon nez, que j'essuie avec la manche de ma veste. Pourtant, j'ai quand même l'impression qu'il reste un fond d'odeur nauséabonde à chaque fois que j'inspire. Je regarde mes mains. Peut-être que le sang a complètement séché, ou bien qu'il s'est insinué sous ma peau : j'ai beau me tâter, je ne le sens pas. Le soleil s'est couché et il ne reste qu'une lumière bleu pâle dans le ciel. Je distingue mal mes mains, le sang et mes habits, tous engloutis par l'ombre des arbres qui bordent le trottoir. En remontant la colline, l'odeur de sang et de merde se dissipe dans le vent, et l'air frais calme mon odorat.

L'immense passage à niveau qui s'étend devant la station est rempli de monde. Il est relié à une gare énorme qui regroupe une dizaine de lignes de métro et autres transports en commun. Le passage, assez grand pour qu'on attende presque dix minutes avant que les barrières s'ouvrent une fois qu'on a entendu le signal sonore, est partagé en quatre voies. Un train express s'avance en rugissant. Contrairement aux attentes de beaucoup, les barrières ne se lèvent pas après le passage du train et la lumière des rails de la voie opposée commence à clignoter. Plusieurs silhouettes se mettent à se balancer doucement, comme pour se réconforter.

Manifestement, pendant les fêtes, les gens qui attendent au passage à niveau sont souvent habillés de rouge et de bleu. Ce n'est pas forcément bizarre quand on les regarde un par un, mais, considérés collectivement, on s'aperçoit que les hommes sont généralement habillés en bleu et qu'au moins une partie de la tenue des femmes est rouge. On dirait un panneau de toilettes[1] gigantesque entravé par les rails, une troupe de petits bonshommes bleus et rouges qui s'apprêtent à rejoindre quelqu'un ou sont déjà accompagnés. Normalement, les différences de couleur entre les hommes et les femmes ne sont pas aussi radicales mais elles ressortent plus à Noël. La foule fixe le signal rouge clignotant comme un rassemblement de poupées animatroniques. C'est Ibuki qui m'a pointé ce tableau invraisemblable.

Les barrières ne s'ouvrent toujours pas, même après que plusieurs trains sont passés. Il y a autant de monde de l'autre côté de la voie. J'ai l'impression d'être face à un immense miroir qui reflète tout sauf moi. Je panique encore plus lorsque j'aperçois un homme en tête du groupe. La taille est une variable étrange : plus la personne est loin, plus elle est difficile à mesurer. Malgré cela, l'homme fait bien une tête de plus que tout le monde, voire la même taille qu'Ibuki. Un train arrive par la gauche puis traverse la station et tout le monde se tourne vers la droite. L'homme aussi regarde vers la droite. Me trouvant derrière lui, un peu sur le côté, je ne vois ni son nez ni ses yeux. Seuls les reliefs de son visage se découpent sur l'horizon.

---

1. Au Japon, les toilettes sont souvent indiquées par un pictogramme bleu pour les hommes et rouge pour les femmes. *(Toutes les notes sont de la traductrice.)*

Le signal rouge continue de clignoter au-dessus de nous. À côté de moi, dans ce bain de lumière écarlate, un duffel-coat rouge semble s'étendre à l'infini. La personne qui le porte s'écarte discrètement de moi. Je la regarde un instant et m'aperçois qu'elle se pince le nez. Je suis resté immobile pendant trop longtemps, de sorte que l'odeur de sang et de merde n'est plus négligeable et commence au contraire à m'assaillir les narines. Le duffel-coat n'est pas le seul que l'odeur met mal à l'aise ; plusieurs personnes commencent à s'écarter. Personne ne semble avoir deviné que je suis la source de cette nuisance mais les gens essaient tant bien que mal de s'éloigner de l'effluve, et ce mouvement semble grossir à chaque seconde. J'avance tout de même au milieu de la foule qui m'évite. Cette dernière, qui s'est pourtant formée de façon aléatoire, paraît constituée de plusieurs couches différentes, comme les rangées d'un public de théâtre. Une fois que j'ai compris son fonctionnement, ce n'est pas difficile de la traverser. Je me rapproche de l'homme devant les barrières et j'arrive derrière lui lorsque le signal s'éteint.

J'imagine la tête de l'homme, qui, de dos, semble se tenir correctement, et j'ai le sentiment de connaître ce visage pourtant caché. Mes doigts se souviennent de sa mâchoire carrée posée sur son long cou lisse. L'homme disparaît et réapparaît à mesure que la lumière clignote. Sa nuque pourpre se fond dans la pénombre, ses oreilles rouges disparaissent, son regard écarlate croise le mien. L'angoisse qui me poignait jusqu'alors se dissipe tout à coup. C'est l'homme qui était avec moi dans la chambre du Fight Club. Mon aptitude à tout oublier de cet homme en si peu de temps, alors même qu'on a partagé un moment intime, me glace le sang.

Même si j'avais connu d'avance le résultat de ma poursuite, je pense que je me serais approché de cet homme. Perdu au milieu de cette nuit terrifiante, je cherche à m'accrocher à quelque chose que je connais. Son regard doux et enfantin se durcit à l'instant où il reconnaît mon visage. Ses yeux, deux fentes tellement semblables qu'on pourrait les intervertir pour obtenir la même image, reflètent chacun un petit point clignotant et me fixent. Inondé de lumière rouge d'une part et englouti par l'ombre bleue d'autre part, il veille sur moi ou surveille mes mouvements. Je fais ce que n'importe qui ferait face à quelqu'un dont il n'arrive pas à déceler les intentions : je détourne le regard. On attend le train sans échanger la moindre commande. Lorsque le signal s'éteint, la foule traverse gaiement les rails, soulagée de pouvoir enfin avancer, et plusieurs couples s'empressent de me dépasser. Je perds mon objectif de vue, hanté par l'impression que courir après quelqu'un n'est pas plus noble que prendre la fuite.

* * *

25 décembre.

Deux jours plus tard, un mardi, j'arrive au travail à la même heure que d'habitude. Le complexe dans lequel se trouve mon entreprise a été construit avant les années 1990 – c'est pourquoi les immeubles sont majoritairement en pierre, contrairement aux bâtiments récents, qui privilégient les grandes verrières. Le ciel bleu sans nuages se reflète sur les vitres, régulièrement découpées le long de la façade.

Un court article a été publié en ligne :

> Un homme, client d'un sex club de la métropole, a été gravement blessé à l'abdomen, entre autres lésions, par un objet tranchant. Le coupable est toujours en fuite. Le département de police métropolitaine de Tokyo enquête sur la situation et soupçonne une agression à l'arme blanche.

Je pousse la porte vitrée avec le sentiment de cacher une bombe sur moi, place ma carte d'employé sur le lecteur et sélectionne le 24e étage. Je sors de l'ascenseur, laisse l'accueil derrière moi, prends un autre ascenseur et j'arrive enfin au 26e étage, celui des bureaux.

Je n'ai pas fait de *coming out* au travail. Ma stratégie est de ne divulguer aucune information personnelle, surtout à ceux à qui je ne fais pas confiance, par simple réflexe de survie. Je n'ai jamais pensé au fait que cette réserve pouvait engendrer un risque encore plus grave. Je me demande à quel point mes collègues pourraient se méfier de moi s'ils apprenaient ce qui s'est passé la nuit du 23 décembre. Je me demande quel effet cela aurait sur eux comparé à un simple *coming out*. Je n'arrête pas d'y penser, mais le concept de « simple *coming out* » ne fait pas partie de mon style de vie. Ça n'a jamais été quelque chose que je voulais.

08 h 45.

Comme d'habitude, les employés s'assoient à leur bureau quinze minutes avant le début de leur journée proprement dite et jettent un œil à leur emploi du temps, consultent leurs mails ou se préparent pour une visioconférence. Tout à coup, une voix retentit. Complètement dénuée de chaleur humaine, elle provient d'une machine.

« … Et puis tout à coup… m'a envoyé un message, du genre moi aussi en fait je suis en congé maternité la semaine prochaine, genre t'incruste pas… et puis on peut pas… »

C'est la conversation d'un client qui a oublié d'éteindre son micro avant une réunion. La personne en face de l'ordinateur qui déverse les commérages ne semble pas du tout décontenancée par cette fausse manipulation et se lève de son siège pour inspecter le moniteur. Elle débranche et rebranche ses écouteurs avec un détachement parfait, et le bruit cesse rapidement.

10 h 30.

Le voyant lumineux de la ligne interne clignote sur plusieurs téléphones. Les appels au bureau ne sont jamais très intéressants, et tout le monde continue à ignorer son téléphone. Sans lâcher mon écran des yeux, je regarde l'appareil en coin et prie pour que le petit point rouge s'éteigne.

Midi.

Devant les bureaux, un petit groupe se forme dans le couloir. Les murs du 26e sont vitrés et permettent de voir l'accueil du 24e, qu'on appelle le « jardin intérieur ». Normalement, personne ne s'arrête pour observer l'accueil. Une fois, les gens ont fait la queue pour regarder le « jardin » parce que l'entreprise faisait l'objet d'une émission de télé et qu'une présentatrice assez connue à l'époque y était en plein tournage. Il se passe donc clairement quelque chose d'intéressant – un visiteur inhabituel ou un client enquiquinant. Je me fais tout petit et j'observe le spectacle. Je peux entrevoir le « jardin » par-dessus les épaules d'une rangée de personnes. Dans le petit espace, une mascotte déguisée en renne verse du café dans des gobelets en carton qu'elle ferme avec un couvercle en plastique. À côté de la mascotte, des filles déguisées en mères Noël s'affairent. Elles portent un chapeau tricorne, un pull *oversize* à paillettes qui laisse à peine dépasser leurs doigts et une jupe longue, le tout de couleur rouge. Elles tendent un gobelet à chaque employé qui gagne l'ascenseur ou en sort. Leur réplique, qui cherche à faire sourire les gens, résonne à travers les vitres : « Merci d'être venu travailler à Noël ! »

« Toi aussi, hein ? » murmure quelqu'un à notre étage, et tout le monde éclate de rire.

« C'est une pub ?

— Je crois.

— On en prend un, alors.

— Ouais.

— T'en veux ?

— Je veux bien.

— Et toi ?

— Moi, ça va. »

J'ai un peu hésité avant de répondre.

« OK.

— Tu te sens pas un peu mal après avoir bu un café, toi ? Un peu comme si t'avais un mauvais pressentiment ?

— Hein ?

— Genre, la façon dont la caféine te stimule l'estomac, ça donne la même impression qu'un mauvais pressentiment.

— Ça va ? »

Mon collègue me jette un regard vide.

« Pourquoi ? lui réponds-je en riant.

— Tu faisais des yeux bizarres, donc je me demandais juste ce que t'avais.

— Tout va bien.

— Ouais ?

— Vraiment. »

Je ne suis pas forcément proche de mon collègue mais le fait qu'il puisse sentir un changement dans mon attitude me rend nerveux.

« Même les PNJ ont leurs mauvais jours.

— Les gens commencent à faire la queue

— Allez, on se dépêche. »

Mes collègues ne font pas vraiment attention à moi et se pressent vers le « jardin ». Je leur lance un sourire ambigu avant de courir me réfugier aux toilettes.

***

PNJ. Personnage non joueur. On m'a donné ce surnom par plaisanterie. Un personnage qui n'est pas contrôlé par un humain, qui fonctionne automatiquement. Sa forme copie celle d'un humain mais c'est une coquille vide qui ne fait qu'imiter les actions de l'homme. La première personne qui m'ait donné ce surnom était un responsable connu, à en croire les ragots, pour être un amant plutôt maladroit.

Ça ne faisait que quatre mois que je travaillais pour mon entreprise. J'étais déjà assis au même bureau un dimanche et je peinais à régler de la paperasse qui ne me prendrait qu'un instant aujourd'hui. Je ne dirais pas que je suais sang et eau mais je mettais beaucoup plus de temps que nécessaire pour me prouver que je fournissais un bon travail. Les bureaux étaient presque vides. Il ne restait qu'un seul groupe, celui du responsable en question, qui travaillait encore. Peu d'employés faisaient des heures supplémentaires sur leurs jours de repos. J'en avais donc déduit qu'ils étaient dans une situation assez fâcheuse pour devoir travailler un dimanche.

« Je vais le buter.

— C'est vraiment une merde, ce gars. »

Leur passe-temps principal, qui consistait à hurler des insultes juste après avoir coupé l'appel d'un client, a fini par les ennuyer. Je n'étais pas assis près d'eux mais ils se sont tout de même mis à discuter avec moi.

« Tu viens tous les dimanches ? »

Le responsable avait fait résonner sa voix depuis l'autre bout de l'open space.

« Vu que je suis payé double…

— C'est pas trop dur ?

— Non, j'aime bien.

— T'es un PNJ, en fait.

— Peut-être, ai-je répondu vaguement.

— Tu sais ce que ça veut dire ?

— Non.

— Tu joues pas à des *shoot 'em up* ?

— Non, jamais testé.

— Ça se voit. Surtout que tu fais une tête genre "quelle perte de temps". »

Je leur ai demandé pourquoi ma réaction les amusait et on a continué à discuter.

« Qu'est-ce qui te fait marrer, toi ?

— Tu t'amuses dans la vie ?

— T'as une copine ?

— Y en a qui disent que t'es gay. »

Mon cœur battait à toute allure.

« Je suis normal. »

Qu'est-ce que ça voulait dire, *Je suis normal* ? Je me faisais rire tout seul. Ma phrase pouvait être comprise comme *Je suis hétéro*, dans le sens où j'étais normal, comme tout le monde, ou bien comme *En effet, je suis gay, et c'est tout à fait normal*. Je trouvais le double sens assez malin.

« Désolé, je te pose plein de questions. Je suis du genre à vouloir sympathiser avec tout le monde, donc n'hésite pas à me rendre la pareille.

— On verra bien. »

Je me suis caché derrière mon moniteur, et j'ai fait un signe de la main au-dessus de ma tête. Un tonnerre d'éclats de rire a secoué le peu de personnes qui restaient.

« Tu veux pas venir avec nous le semestre prochain ? Je suis sûr que tu t'ennuies ici. »

Finalement, je n'avais pas besoin de m'inquiéter puisque le sujet de mon possible transfert dans son équipe s'est évaporé tout seul, et que seul le surnom de « PNJ », colporté par je ne sais qui, est resté. En principe, j'aurais dû me dire qu'ils se moquaient de moi. Mais, dans mon entreprise, les personnalités passives étaient perçues comme assidues, et généralement bien acceptées. De ce fait, je n'avais pas forcément l'impression qu'on se moquait de moi en utilisant ce surnom. C'était aussi l'époque où les mots « psychopathe » et « attardé », que certains dirigeants et célébrités utilisaient souvent comme excuse pour n'en faire qu'à leur tête, étaient plutôt en vogue. Mes collègues ne m'appelaient pas tout le temps par ce surnom. En revanche, à chaque fois que je trahissais un comportement de ce genre, ils répétaient : « C'est parce que c'est un PNJ », comme quand on rattache un trait de caractère à un groupe sanguin ou à un signe du zodiaque. Quoi qu'il en soit, ce personnage me donnait la chance de me grimer en mannequin de vitrine. Je cachais mon vrai visage derrière le visage de ce personnage. J'enfonçais mon pénis à l'intérieur du corps de ce personnage. J'écrasais ma tête contre la tête de personnage. Ce personnage me permettait de m'intégrer au bureau.

* * *

Le simple fait d'imaginer le récit des événements d'avant-hier se répandre au sein de mon entreprise – et démolir mon personnage – suffit à me rendre malheureux. Je continue mes recherches aux toilettes jusqu'à 13 heures. Ça fait deux jours que je tape les mêmes mots-clés dans le moteur de recherche. J'ai beau examiner les actualités en ligne, aucun nouvel article au sujet de l'incident ne paraît. Même en fouillant Twitter et les autres réseaux sociaux, il n'y a que des discussions sur la manière dont « un petit groupe de gays perturbe l'ensemble de la communauté LGBT », des rumeurs infondées et plusieurs hypothèses qui laissent entendre qu'Ibuki est peut-être la victime. La plupart des tweets qui spéculent sur son identité relèvent surtout du commérage. Ceux qui pourraient réellement confirmer la venue d'Ibuki au Fight Club ne se dévoilent pas. Les posts qui contiennent le nom d'Ibuki et quelques informations douteuses comptent à peine quelques *likes* et sont peu partagés. Il a 26 ans. Il mesure 1 mètre 88. Il pèse environ 80 kilos. Son anniversaire tombe aux alentours du 24 janvier. La ville de Fussa apparaît sur une photo postée il y a cinq ans. Son père est afro-américain, donc sûrement militaire. Sa mère est japonaise. Les derniers mots qu'il a postés sont « la colère réfracte » en anglais. Normal qu'on lui en veuille. Un homosexuel qui en massacre un autre – voilà une nouvelle dérangeante. Bien sûr, Ibuki lui-même ne participe pas à ces discussions.

C'est pourquoi, faute de mieux, après le travail, je choisis un hôpital à l'instinct. C'est un grand hôpital, à dix minutes de voiture du Fight Club, qui reçoit les appels d'urgence le dimanche. Sa façade, composée de vitres teintées en bleu, lui donne un air luxueux qui colle à la personnalité d'Ibuki. Au bout de la pente qui mène au sous-sol, j'aperçois un coin d'écriteau. Attiré par le mot *Urgences* écrit en rouge, je descends la côte tapissée de bandes antidérapantes, et, à côté d'une rangée d'ambulances, j'aperçois un guichet.

Vous avez rendez-vous ? Quel est le nom complet de la personne à qui vous rendez visite ? Quels sont vos rapports avec elle ? Autant de questions auxquelles je suis incapable de répondre. Je n'arrive pas à trouver une manière acceptable d'expliquer notre relation. J'imagine tous les obstacles qui m'attendent au-delà de la vitre et je tourne immédiatement les talons. Il y a un Starbucks à côté du rond-point. La salle est petite puisqu'elle est rattachée à l'hôpital, et je peux facilement balayer toutes les places assises du regard. L'endroit est assez propre. Les odeurs de médicaments n'arrivent pas jusqu'à lui. Je trouve que c'est la partie de l'hôpital qui correspond le mieux à Ibuki.

Je suis vraiment désolé de ne pas avoir pu rester avec toi. T'es allé voir la police apr

Le message que je m'apprête à envoyer à Ibuki me fait froid dans le dos. Je ne suis pas une victime, encore moins un coupable, mais, au-delà de ces étiquettes que personne ne m'a collées, je me retrouve paralysé de l'intérieur devant le comportement que quelqu'un de l'extérieur considérerait comme naturel : *Si une personne que j'aime se fait XXX, c'est normal de faire YYY.* Adopter l'attitude d'un parent endeuillé, d'un amant, d'un ami – rien de tout cela ne me convient, et, dans une situation où la seule position convenable est au croisement de ces trois attitudes, j'essaie de m'adapter du mieux que je peux. Le message que j'ai commencé à écrire il y a quelques jours déjà semble constituer une preuve de qui je suis pour Ibuki. Voilà pourquoi il me fait froid dans le dos.

Je retourne mon portable sur la table et une multitude de taches d'ombre, issues des glaçons qui flottent dans mon thé glacé, viennent me recouvrir la main. Les glaçons flottent doucement, dessinant un motif camouflage sur mes doigts. J'essaie de réécrire mon message, mais je finis par tout effacer.

Dimanche, 13:15
Je vais avoir 30 minutes de retard

Je lis et relis le dernier message d'Ibuki, trop court pour être véritablement réconfortant, et je regrette de ne pas avoir réfléchi plus que ça à poursuivre ma relation avec lui en dehors du sous-sol. À la surface, je suis voué à mentir et à jouer la comédie, où que j'aille.

J'achète un roulé à la cannelle et je m'avachis dans un siège près des toilettes. Je décolle le papier cuisson, je le dépose sur une assiette décorée de fruits rouges et je mords dans la pâte chaude. J'ai l'impression d'enfoncer mes dents dans de la peau humaine, et je suis assailli par une sensation de réconfort étrange. Pourtant, je n'arrive pas à verser une seule larme. Ce 25 décembre, je ne retrouve pas Ibuki.

Je consulte l'article suivant sur Internet :

La police peut-elle contacter mon entreprise ?

Si vous êtes un suspect potentiel, la police vous appellera sûrement sur votre portable. On vous demandera alors de vous présenter au poste de police pour passer un interrogatoire sur la base du volontariat. Vous pouvez donc refuser. Exceptionnellement, il est possible que la police

contacte directement votre entreprise dans les circonstances ci-dessous :
1. Vous déclinez constamment leurs appels
2. Vous êtes un témoin essentiel à l'enquête
3. La police a décidé que vous étiez suspect
4. L'incident en question est un incident majeur
5. C'est une urgence
6. Vous êtes fonctionnaire
7. Passer un interrogatoire perturbe notablement l'exercice de vos fonctions, si vous êtes par exemple directeur d'hôpital ou à la tête d'une entreprise.

Les circonstances 6 et 7 ne correspondent pas du tout à mon cas de figure mais les options 2 à 5 dépendent de la police. C'est moi qui ai fait venir Ibuki au Fight Club cette nuit-là, donc il est probable que je devienne suspect à un moment de l'enquête. Je peux toujours me présenter au poste sans y être convoqué, mais la police peut ne pas me laisser repartir, ce qui me retient de passer à l'acte. Elle doit certainement avoir une idée de comment va Ibuki, savoir s'il est vivant ou mort, mais je m'imagine mal expliquer notre relation au poste. Je ne pense pas qu'on me laissera facilement le voir si je déclare qu'on est amis. Je n'ai vu Ibuki que quatre fois, et toujours au Fight Club.

Finalement, la chose qui m'inquiète le plus, et à laquelle je peux peut-être remédier, correspond à ce que la police risque de considérer comme un refus de répondre à ses appels. Pour être sûr de n'en rater aucun, je vérifie constamment l'historique de mon portable. Quand je m'aperçois qu'elle n'a pas essayé de me contacter, ça ne me rassure pas du tout. Ma peur ne se réalise pas et le sentiment de malaise s'éternise.

* * *

Alors que la fin de l'année approche, la plupart des départements de mon entreprise ont encore du travail à terminer. Sous les néons, je balaie du regard les bureaux et leurs occupants, mutiques face à leur moniteur. Inquiet, je me demande s'ils ne sont pas déjà au courant de tout. Le lendemain arrive, puis le surlendemain. Plus le temps passe, et plus l'inquiétude s'insinue dans ma palette d'émotions quotidiennes. Où que j'aille, j'agis selon le principe que je suis constamment surveillé. Le site web du Fight Club a été modifié avant même que la police n'essaie de me contacter, et il annonce la fin de sa période de fermeture en raison d'une inspection des installations ainsi que sa réouverture le 28 décembre.

Le Fight Club n'est qu'à un quart d'heure de marche de mon entreprise. Il faut dépasser les bureaux, traverser la rue commerçante, puis descendre la colline derrière le passage à niveau gigantesque avant d'arriver au croisement. Au bas des escaliers pentus, on trouve une porte à un battant en fer sinistre, comme celles qu'on voit dans les locaux poubelles ou électriques. Accrochée dessus, une pancarte affiche *Men Only* en petites lettres.

Lorsque je pousse la porte, rien n'a changé. Tout comme la dernière fois, les premiers mètres qui s'étendent devant moi semblent directement sortis d'une ruelle exotique. Des marques circulaires indiquant que le sol en mortier a été lavé scintillent au fur et à mesure que j'avance. Sur les murs en béton, des lignes droites ont été comme tracées à la règle, des trous percés à intervalles réguliers, et des marques incompréhensibles à l'encre fine recouvrent les brèches et les fissures. Voici pour l'entrée du Fight Club. Seule une ampoule bleue est allumée. Le reste est englouti par la pénombre. On dirait qu'il existe un décalage horaire constant entre la surface et le sous-sol, car, quelle que soit l'heure à laquelle on arrive, on a toujours l'impression qu'il fait nuit. Il y a toujours un contrôle à l'entrée, comme si on traversait la frontière d'un pays. Je me présente devant la petite vitre sans tain encastrée dans le mur et j'attends après avoir glissé mon permis de conduire ainsi qu'un billet de 1 000 yens par la fente. Le site web affiche : *De 19 à 26 ans – 1 000 yens*. Ma silhouette, immobile comme celle d'un bonhomme de panneau de toilettes, se reflète dans la surface sombre. Je décèle la présence d'un employé de l'autre côté de la vitre et je fais donc exprès d'arranger ma posture : je hausse visiblement les deux coins de ma bouche et je me tiens bien droit.

Apparemment, Ibuki présentait toujours son passeport en plus de son permis de conduire, comme s'il était vraiment à l'étranger. Il avait deux bonnes raisons de prendre une telle précaution : la première, c'était qu'il n'avait pas le permis, et la deuxième, c'était qu'il voulait gentiment informer le réceptionniste qu'il était de nationalité japonaise. Ibuki m'a raconté qu'on lui avait déjà demandé une pièce d'identité et qu'il était même arrivé qu'on lui refuse l'entrée sous prétexte qu'il était « impossible de vérifier sa nationalité ».

Personnellement, c'est à ce comptoir que je mesure à quel point le dicton « Je me sens en sécurité où que je sois dans le monde grâce à mon passeport japonais » n'est pas qu'un mythe.

Ibuki n'hésitait jamais à faire ce genre de sorties sarcastiques. On aurait presque dit qu'il s'était entraîné avant de les prononcer. Je voyais les deux plateaux de la balance, mais je n'ai jamais su si c'était le côté « je » ou le côté « japonais » qui pesait le plus lourd.

Il n'y a pas encore beaucoup de monde et une seule personne est en train de se déshabiller dans les vestiaires. *Quel genre de personne vient au Fight Club après un tel incident ?* Voilà ce que je pense tout de suite à son sujet, et je me dis qu'elle doit se dire la même chose de moi. Mais peut-être que je fais fausse route depuis le départ. Ces réflexions m'étourdissent et une vague d'embarras me parcourt. L'homme disparaît très vite vers les cabines de douche. En parcourant l'espace du regard, je me rends compte, désormais seul, que l'obscurité qui y règne n'est pas aussi profonde que d'habitude. Je lève les yeux et j'aperçois les conduits de ventilation et les poutres, auparavant engloutis dans la pénombre, maintenant baignés par un faisceau de lumière bleue. J'éprouve instantanément la sensation désagréable d'être surveillé. Je tire mon portable de la poche de mon costume et je tourne la caméra vers les ténèbres au-dessus de moi. Je fais la même taille que les casiers, et l'espace entre ma tête et le plafond reste identique sur toute la longueur du Fight Club. Je continue de filmer l'obscurité, quand, alors que je change la position de mon portable, la chair de poule me gagne. Sur l'écran noir, de minuscules points lumineux vacillent. De là où je me tiens, je peux en voir au moins trois. Loin de la douceur d'un miroitement d'étoile, ils clignotent de façon systématique, programmés par un homme, et dérèglent l'objectif de ma caméra. Ces lumières, qui nous espionnent silencieusement, sont indétectables à l'œil nu et utilisent sûrement des rayons infrarouges. Est-ce que le coupable revient toujours sur les lieux de son crime ? L'installation résulte peut-être d'un ordre de la police, ou bien d'une décision indépendante. Des caméras protègent le sous-sol, comme elles le font dans les espaces publics ou les rues de la surface. Nous sommes à présent surveillés.

Dans le couloir, plusieurs hommes se promènent déjà. Tout au bout se trouve la chambre dans laquelle Ibuki a été retrouvé. J'attends le bon moment et, lorsque personne ne me regarde, je m'avance dans la pièce. Sous mon pied, le matelas conserve son élasticité, et je comprends alors qu'il a été changé.

Comme un nuage d'oiseaux s'éparpille après un coup de feu mais finit tout de même par revenir sur sa branche, j'entends les clics réguliers de casiers qui s'ouvrent et se ferment à partir de 18 heures et je vois les couloirs du Fight Club se remplir. Les hommes se promènent, se tirent par la main pour disparaître dans les chambres. Même la chambre d'Ibuki finit fermée à clé. Je fais plus attention qu'avant au visage des hommes que je croise. Je cherche désespérément celui de l'agresseur, dont les contours enfouis dans ma mémoire ne cessent de s'estomper jour après jour. Cette nuit-là, j'ai poursuivi et j'ai fui. Aujourd'hui, je fuis au sous-sol et j'attends.

Je reste ainsi plusieurs heures, de sorte que mes cheveux commencent à se décoiffer comme à chaque fois. À la surface, je les plaque avec du gel, mais ils ne tiennent jamais dans la chaleur humide du sous-sol et ils finissent toujours par onduler à la manière d'un magazine mouillé. Alors que j'essaie tant bien que mal de les aplatir, une mèche ressort entre mes doigts. Je continue à plaquer mes boucles jusqu'à ce que les touffes se transforment en lignes minces. Celles-ci ressemblent comme deux gouttes d'eau à l'inscription tatouée sur le flanc d'Ibuki.

Un jour, alors que je suivais distraitement de l'index les lettres cursives gravées sur ses côtes, totalement captivé, Ibuki m'a posé une question : « Pourquoi t'as pas de tatouage ? » Il me demandait ça comme si ne pas en avoir était étrange en soi.

« Ça fait à peu près cinq ans que j'en veux un, je crois.

— Fais-le, alors. Ça, c'est la réponse de quelqu'un qui ne va jamais le faire. C'est dangereux.

— C'est pas plutôt se faire un tatouage à vie qui est dangereux ?

— Justement, c'est cette façon de penser qui est dangereuse. Si tu renonces, t'en auras jamais, tu sais ?

— Un corps sans tatouage, c'est pas un corps dans son état normal ?

— Pas du tout. On n'est pas des hommes invisibles. C'est très bizarre que rien ne soit inscrit sur ta peau. Tu te coiffes, tu t'épiles, tu vas à la salle de sport. Pourquoi ta peau devrait garder sa forme d'origine ? C'est mieux de lui donner un sens. La vie est hyper longue. Mieux vaut passer le plus de temps possible avec un corps que t'as choisi toi-même. »

J'ai caressé le flanc d'Ibuki. Sur sa peau, déjà colorée de naissance, il avait rajouté de la calligraphie au-dessus d'un autre tatouage en arabe, et le tout s'enchevêtrait en lianes luxuriantes. J'ai suivi cette broderie criarde des doigts, et je suis enfin arrivé à en déchiffrer chaque lettre individuellement. Chaque partie de son corps était brûlante, mais son flanc plus particulièrement. J'avais l'impression que ma main allait se consumer en frôlant ses entrailles bouillantes. « Tu me chatouilles », a gloussé Ibuki en repoussant ma main. Ma paume était pâle, comme si on avait cuisiné ma chair. Les paumes d'Ibuki ressemblaient aux miennes. Seules nos paumes étaient plus claires que le reste de nos corps. J'ai posé ma paume sur la sienne et nos doigts se sont entremêlés. Nos deux mains sombres maintenant enchevêtrées, nous ne formions plus qu'une personne qui croise les doigts de sa main droite avec ceux de sa main gauche. Nous étions de la même couleur.

2

La première fois qu'on s'est rencontrés, nous ne savions rien l'un de l'autre. C'était la première fois que lui comme moi croisions un autre métis au sous-sol. Dès que je l'ai vu, j'ai compris qu'Ibuki n'était pas un Japonais ordinaire. Ce n'est pas que sa peau était différente, puisque, sous les lumières azurées du Fight Club, elles apparaissaient toutes d'un bleu plus ou moins foncé selon l'ethnie des clients, et que celle d'Ibuki était aussi foncée que celle d'un Japonais légèrement bronzé. Mais sa carrure et les traits de son visage faisaient nettement ressortir sa couleur. Il était noir, avec une peau bleue.

En le voyant, je me suis rappelé que, moi non plus, je n'étais pas un Japonais ordinaire. J'avais du sang noir dans les veines. Cela faisait un moment qu'on ne m'avait pas fait ressentir ça. Ou alors quelques secondes. Jusqu'à ce jour, je pensais sans trop y croire que je réussissais à me camoufler en m'amalgamant au jaune de mon entourage.

Ibuki semblait avoir remarqué que mon teint n'était pas aussi éclatant que le sien. Des hommes ordinaires allaient et venaient entre nous, mais nos yeux ne cessaient de se croiser. J'ai détourné le regard et me suis éloigné de lui. Ce n'est pas que je ne voulais pas m'approcher, mais la réaction des autres hommes me décourageait. Le Fight Club n'est qu'une reconstruction de la surface. Dans le monde ordinaire, nous voir papillonner aurait sûrement constitué une forme de divertissement pour les clients, qui se seraient tout de suite imaginé des histoires. En poursuivant ma promenade, je l'ai aperçu une nouvelle fois. Au moment où on allait se croiser, Ibuki a ralenti le pas. Relâché, il tenait ses mains devant lui comme pour se préparer à une fouille corporelle afin que je comprenne bien les messages subliminaux que chaque recoin de son corps m'envoyait. Seulement, il était beaucoup trop près de moi pour que je puisse les recevoir, et il m'a lancé un sourire en biais alors que j'émettais la commande *En attente*. Il a haussé les épaules en souriant, comme s'il voulait me dire : « On se ressemble tellement, de quoi t'as peur ? » Pour lui montrer qu'il n'en était rien, j'ai caressé ses hanches. Je n'avais pas envie qu'il se dise qu'il faisait peur aux gens – et je n'avais pas non plus envie de reconnaître que je m'étais montré assez bête pour avoir peur de lui. On s'est glissés dans le rectangle sombre qui se découpait sur le mur bleu derrière nous.

À l'intérieur du Fight Club, les cloisons de bois qui font office de murs ne touchent pas le plafond. Elles sont coupées à un certain niveau, à peine plus haut que nous, qui mesurons environ 1 mètre 90. On voit souvent ce genre d'architecture à la surface. La plupart des espaces et moyens de transport publics sont remplis de portes trop basses dont les dimensions annoncent autoritairement qu'il n'existe personne de plus grand dans le pays. Je n'ai jamais réussi à m'y habituer. Dans ce petit cube obscur, il nous fallait plier les genoux et baisser la tête. Nous nous sommes caressé la poitrine, nos bouches se sont approchées de la peau de l'un et de l'autre, et, lorsque sa voix s'est mise à tirer vers les aigus, la mienne est partie dans les graves : les rôles étaient assignés. Les fibres de ses muscles se tendaient sous sa peau à chaque fois que je m'enfonçais en lui et chacune des parties de son corps semblait se mouvoir indépendamment, comme une poupée articulée.

Une fois la porte fermée, la lumière bleue disparaissait presque totalement de la chambre. Nos yeux se sont habitués à l'obscurité, de sorte qu'on pouvait maintenant distinguer trois niveaux de noirceur : celui de l'espace vide, le sien et le mien.

J'allais souvent au salon de bronzage pour unifier les nuances de ma peau, qui rappelaient un flacon de médicaments. Mon cerveau connaissait bien cette couleur et s'y est très vite habitué dans la pénombre. Puis, étrangement, mon cerveau a reporté son attention sur la peau d'Ibuki, d'une noirceur encore différente. Dans l'obscurité, sa peau reprenait sa couleur originelle, comme un mirage lointain. Juste sous son épiderme, que j'aurais normalement qualifié de noir, je voyais comme de minuscules mailles couleur de sang se tricoter, mais également ses veines qui ondulaient derrière, et, encore plus loin, la structure incohérente de ses os. J'avais du mal à démêler les superpositions responsables de ce tableau. Aux croisements des filaments et des os, les couleurs s'annulaient et s'éclaircissaient. Lorsque le rouge s'y associait, les couleurs se troublaient. Son derme, recouvert de plusieurs couches de peau troubles, dévoilait une clarté délicate, celle d'un être humain au teint jaune et pas uniquement noir. Le contraste entre le noir de son épiderme, qui ressortait clairement, et le jaune de son derme, qui se découvrait à peine, m'échappait continuellement, comme les motifs que l'on distingue sous une paupière. Je n'arrivais pas à croire que sa couleur puisse m'apparaître unie alors que nous étions si proches. J'ai cligné des yeux. La pénombre est revenue et mon cœur s'est serré.

Ensuite, j'ai touché l'oreille d'Ibuki. Comme une moitié de coquillage échouée sur la plage, son oreille droite semblait enroulée sur elle-même. Je me suis demandé quel art martial avait causé une telle déformation, et si mon oreille aurait fini comme ça aussi en pratiquant le même sport. Nous n'étions pas des étrangers ; nous étions les représentants d'une même espèce élevés dans des biotopes différents. La réflexion m'a glacé le sang, qui, en effet, s'est retiré de mon pénis, soudainement dégonflé.

Lorsqu'on s'est embrassés, Ibuki m'a sucé la lèvre du bas, comme s'il voulait m'aspirer le sang. En réponse à ce coup de fouet sur mes capillaires, le flux est redescendu vers mon pénis, et j'ai enfin pu le satisfaire.

Après ce rapport, on a échangé nos numéros et on a commencé à se donner rendez-vous au sous-sol. Je dis « rendez-vous » mais seuls quelques-uns de nos échanges aboutissaient à une rencontre. C'était toujours moi qui envoyais un message pour lui dire que j'allais au Fight Club : s'il déclinait, je m'y rendais seul, et, s'il acceptait, on se retrouvait là-bas. Voilà ce que j'appelle un rendez-vous. Il arrivait que je finisse mon travail pendant l'après-midi, et, dans ces cas, je quittais souvent le bureau. Les horaires étaient très flexibles dans mon entreprise, et la direction fermait souvent les yeux lorsque quelqu'un disparaissait pendant quelques heures puisqu'il y avait en général assez de main-d'œuvre. C'était toujours agréable de prendre l'ascenseur de verre pour m'enfoncer sous l'horizon, où le soleil ne brillait plus.

Le sous-sol était toujours rempli d'hommes ordinaires. Lorsque j'en croisais un, j'avais toujours du mal à savoir si nos peaux se frôlaient par hasard ou s'il émettait une commande. Seul Ibuki arrivait à reconnaître le désir des autres avant qu'ils n'ouvrent la bouche. J'allais au sous-sol pour voir Ibuki et il venait au sous-sol pour me voir. Il est tout à fait normal que deux personnes attirées l'une par l'autre se retrouvent, mais je ne m'y faisais pas. On entrait dans une chambre et, alors qu'on s'enlaçait et que l'excitation culminait, le sang se retirait dès que mon pénis pénétrait sa chair. C'était une sensation viscérale, comme lorsqu'on s'imagine en train de se taillader la peau avec une lame de rasoir.

« C'est facile de se réconforter, mais, pour se faire du mal, il faut vraiment péter un câble », m'a dit un jour Ibuki en hochant la tête et en haussant les sourcils. « Surtout quand on est homo puissance deux, a-t-il ajouté en nous pointant tour à tour du doigt.

— Homo puissance deux ? » ai-je répété en riant. J'avais compris ce qu'il voulait dire, mais cette phrase me surprenait tant que je lui ai quand même posé la question.

« Qu'on utilise le système binaire du genre ou de l'ethnie, on est pareils, toi et moi. »

Il s'est arrêté pour cracher son chewing-gum dans un mouchoir. « Le corps humain rejette instinctivement la violence. »

Deux questions me taraudaient. Est-ce que mon cerveau considérait mes relations sexuelles avec Ibuki comme de la violence ? Et est-ce que des Japonais ordinaires, comme ceux qui allaient et venaient de l'autre côté de la porte, pouvaient être eux aussi des « homos puissance deux » ? J'ai gardé ma première remarque pour moi, et, quand je lui ai soumis la deuxième, Ibuki a rétorqué que ce n'était pas pareil. « C'est comme si un hétéro disait d'un autre hétéro qu'il est hétéro. Ça ne se dit pas. Ils ne pourront jamais être hétéros puissance deux. Je suis sûr que jamais de leur vie ils ne s'apercevront qu'ils ne sortent qu'avec des Japonais. Même ici, ils sont tous pareils. Je kiffe ton undercut-anh, je kiffe tes muscles-anh, t'es baraqué-anh… Et alors quoi ? Au bout du compte, c'est une différence d'apparence infime qui les excite… Après, ils font ce qu'ils veulent »

À chacune de nos rencontres, Ibuki arrivait en retard et venait me chercher dans les couloirs du

Fight Club. Parfois, quelqu'un lui caressait les hanches. Je recueillais chaque pépite de désir que les hommes présentaient à Ibuki. Je gardais leur concupiscence en tête et je le ramenais avec nous dans la chambre. Nous nous enlacions au milieu des hommes ordinaires en promenade. Je transperçais ses entrailles de mon pénis et, si je tombais sur la paroi rigide d'un de ses organes, je la transperçais aussi. La sueur ruisselait sur ses cils, que les larmes ne parvenaient jamais à inonder tant ils étaient denses. Mes yeux, les yeux d'Ibuki, étaient trempés de sueur. Une lumière issue de je ne savais où venait rebondir sur mes cils et m'éblouir. Le liquide transparent qui suintait d'Ibuki coulait sur son ventre et le long de ses muscles.

Essoufflé, j'écoutais Ibuki. « C'est bon, je sais ce que c'est ta petite manie. Tu laisses jamais dépasser ton corps. » Il désignait nos jambes. Un triangle de lumière brillait au fond de la chambre rectangulaire. Il parlait sûrement de l'endroit où le halo bleu du couloir s'infiltrait sous la porte de la cabine. Nous étions tous les deux allongés, et j'avais les genoux pliés de façon à ce que mon corps tout entier se trouve dans la zone obscure. Le trait de lumière ne coupait que les mollets tendus d'Ibuki.

« Tu fais toujours en sorte de ne pas dépasser. Je me demande pourquoi.

— C'est juste que je suis mis comme ça, non ? »

Ibuki a ri en secouant la tête. Puis il s'est levé, prenant ma main comme pour m'inviter à un bal, et il m'a montré les différentes positions que nos corps avaient prises lors de ces dernières minutes. Relevé ou allongé, mon corps ne touchait jamais la lueur qui se glissait sous la porte. Seules ses jambes parfaitement tendues brillaient, éclairées par le triangle lumineux.

En fixant l'ombre des hommes qui allaient et venaient, quelque chose m'est revenu.

Quand j'étais enfant, j'avais peur de la boîte aux lettres. Cette boîte, qui était accrochée à notre côté de la porte d'entrée, me terrifiait. J'avais l'impression qu'un enfant de mon âge, ou bien un peu plus grand, pourrait facilement se faufiler par la petite fente, trop fine pour laisser passer un adulte. Je sais maintenant que même un enfant n'aurait pas pu s'introduire chez nous de cette façon et que mon jeune cerveau ne saisissait pas encore les véritables dimensions des choses, mais, à cette époque, des enfants un peu plus vieux me criaient des mots que je ne comprenais pas – peut-être des moqueries – et il arrivait que des adultes qui ne faisaient même pas partie de mon entourage passent leurs doigts dans mes cheveux lorsqu'ils me croisaient. Quand j'étais à la crèche, je me souviens d'avoir entendu mon prénom résonner au cours d'échanges réjouis lorsqu'un autre enfant bronzait légèrement ou s'amusait à se mettre de la peinture sur le visage. Je vivais déjà avec la conscience diffuse que ce genre de choses allaient faire partie de mon quotidien.

Même si personne ne pouvait rentrer par la boîte aux lettres, j'avais pris l'habitude de surveiller le clapet, que quelqu'un aurait pu pousser pour regarder chez nous. L'appartement dans lequel j'ai grandi était un petit studio, donc la pièce à vivre, où nous prenions nos repas et regardions la télé, se trouvait dans le prolongement direct de l'entrée. À chaque fois que j'entendais quelqu'un marcher dans le couloir de l'immeuble, j'éteignais la lumière et la présence de l'inconnu que je ne pouvais pas voir se transformait en ombre infiltrée sous la porte. Tout était petit, et tout, étant petit, me terrifiait.

Je m'étais félicité d'être parvenu à surmonter cette peur, mais, en réfléchissant bien, rien ne me semblait avoir vraiment déclenché un tel changement. Simplement, les gens autour de moi avaient cessé d'être plus grands. J'avais aussi fini par prendre conscience de la taille de la boîte aux lettres comparée à un être humain, et j'avais déménagé loin de cette maison et de cette porte. Alors que j'étais maintenant un adulte de 26 ans, Ibuki, qui avait 26 ans lui aussi, me renvoyait à tout cela.

« On part en même temps aujourd'hui ? » m'a demandé Ibuki, et nous sommes sortis de la chambre ensemble. Après avoir pris une douche, on se rhabillait chacun de notre côté dans les vestiaires quand j'ai jeté un coup d'œil de son côté. Ibuki a tiré un tissu virevoltant de son casier, qui a serpenté dans les airs comme un mollusque avant de lui retomber dans les bras. Son cardigan pailleté diaphane était froissé aux poignets et aux hanches. Il avait dû le fourrer au fond du casier, sans réfléchir, en arrivant, et les pliures avaient créé un effet bouffant somptueux. Les lignes de son corps, qu'on apercevait à travers le tissu, se superposaient parfaitement à son tee-shirt à col en V. Il portait un jean large et délavé sur lequel deux trous en forme de mains avaient été découpés : un sur la fesse droite, un sur la fesse gauche. Les trous étaient recouverts de résille cousue au fil rouge, comme si quelqu'un y avait appliqué ses deux mains brûlantes. Bien sûr, le jean en lui-même était bleu, mais, lorsque je regardais Ibuki, il ne donnait pas l'impression d'être habillé dans cette couleur. C'était impressionnant.

Ibuki a fini de se rhabiller et m'a souri après avoir articulé « on y va » en silence. C'était la première fois que je le voyais vêtu. À la surface, le macadam était trempé, comme après une averse, et l'air était bizarrement étouffant. À cause de la sueur, mes habits me collaient à la peau. À côté de moi, Ibuki avait roulé le bas de son cardigan semi-transparent, révélant son nombril et s'attirant les regards de plusieurs passants.

C'est à ce moment-là qu'Ibuki m'a raconté que, pendant les fêtes de Noël, les couples qui attendent devant le passage à niveau ressemblent aux pictogrammes des toilettes avec leurs habits rouges et bleus.

« Je dis que ça se passe à Noël mais, ce qui m'inquiète, c'est de savoir si c'est un genre de tradition qui ne renaît qu'à Noël ou si c'est la preuve que, chaque année, les normes du monde hétéro deviennent de plus en plus étroites. »

Un train express a traversé la gare à toute vitesse.

« Je sais que c'est de mauvais goût mais, quand je les regarde de loin, je les trouve plutôt mignons », m'a crié Ibuki à l'oreille en détachant chaque mot. Les rugissements du train se sont atténués, notre champ de vision s'est dégagé et Ibuki a désigné une tour en expliquant qu'il habitait là-bas.

On a traversé le rond-point et on s'est assis sur l'un des canapés du hall de son immeuble. Ce jour-là, j'ai appris qu'Ibuki gagnait sa vie en vendant des vidéos de lui. Après le lycée, Ibuki avait vu son nombre de followers augmenter régulièrement, et, récemment, il avait même commencé à gagner suffisamment pour mettre de l'argent de côté. Il est difficile de mettre en scène des parties génitales non censurées au Japon, donc il profitait de ses voyages à l'étranger pour diffuser ses vidéos. En même temps, il s'arrangeait avec d'autres streameurs du même genre et se filmait en leur compagnie. Il arrivait à poster une ou deux vidéos par mois pour ses abonnés. De ce fait, les spectateurs japonais ne représentaient que 10 % de son public. Le reste de son audience vivait dans d'autres pays asiatiques ou des pays d'Amérique du Sud – des endroits peuplés de nombreuses personnes racisées.

Ibuki m'a expliqué tout ça et m'a montré une de ses vidéos sur son portable. Il était nu, comme quand je le retrouvais au sous-sol, et il couchait avec un homme comme il le faisait avec moi – seulement, je n'étais pas là. Au lieu de quoi : la mer, le soleil, le ciel bleu, le sable, des accessoires, des sex toys et, sur le même plan, Ibuki. Son compte, auquel on pouvait accéder en payant 9,99 $, ne proposait pas de contenu vraiment hardcore et la pénétration n'y était pas monnaie courante. Ibuki et ses partenaires se caressaient comme des mannequins prenant la pose. Il n'y avait même pas d'éjaculation. Leurs actes occultaient la douleur qui fait le sel de ce genre de porno, et adoptaient une tournure répétitive et mécanique normalement contre-productive dans un rapport classique. Le spectateur était comme à bord d'un bateau mené par les vagues du récit. Son contenu avait un côté surréaliste : semblables à des dragons qui crachent sans cesse du feu ou à des personnages coquets qui resurgissent sans crier gare au détour d'une intrigue, leurs mains, leur bouche, et leur pénis allaient et venaient en prenant toujours soin de se positionner face à la caméra. C'était complètement différent de la façon dont on couchait ensemble au sous-sol.

Sans que je m'en sois rendu compte, le coucher du soleil avait percé les plis des rideaux en dentelle, inondant le hall d'une lumière bleue. Le rez-de-chaussée était climatisé, et le moindre mouvement suffisait pour que l'air frais vienne me caresser la peau.

« Tu peux venir chez moi quand t'es libre. » Il me donnait sa permission plus qu'il ne m'invitait. Je lui ai répondu : « D'accord. » Il a voulu me raccompagner. Je l'ai repoussé par les épaules et je me suis dirigé vers la sortie. Depuis l'incident, je me suis imaginé sonner chez lui maintes fois mais je ne sais même pas à quel étage il habite.

* * *

J'avais honte d'inviter Ibuki, qui habitait une tour de luxe, dans un sous-sol où il pouvait rester indéfiniment contre seulement 1 000 yens. Mais je me sentais bête aussi lorsque je m'imaginais l'inviter dans un hôtel de standing, donc j'ai fini par ne plus le contacter du tout. Quand j'y repense, c'était toujours moi qui l'invitais, de sorte que, lorsque j'ai cessé de lui parler, nos conversations se sont taries naturellement.

Pendant ce temps, je continuais tout de même à fréquenter le sous-sol sans prévoir une seconde d'abandonner Ibuki. Au contraire, plus je vivais de sensations fortes, plus je voulais le revoir et plus je prenais l'habitude de calibrer mes rencontres en fonction des vagues de désir qu'il m'inspirait. Mon emploi du temps ne tournait plus qu'autour d'Ibuki. Quand je me promenais au Fight Club, c'était pour m'entraîner à ma prochaine rencontre avec lui. Les hommes ordinaires que je côtoyais n'étaient plus que des partenaires d'essai. Bien sûr, c'était un réflexe inconscient, et jamais je ne me suis dit que n'importe quel inconnu ferait l'affaire. Cependant, ma soif submergeait tout dès que je fermais la porte d'une chambre à clé. Je brûlais d'envie de retrouver une force, un liquide, qui n'existait nulle part dans les vidéos d'Ibuki. Je voulais à tout prix que mes yeux, que mon corps s'y abîment.

Ça a commencé par ma bouche. Je ne me suis même pas rendu compte, un jour, que la force avec laquelle mes lèvres pinçaient la peau de mon partenaire s'intensifiait de plus en plus. Comme si j'avais fini par ne plus rien sentir à force de consommer la même drogue, mes lèvres, ma langue, ne considéraient plus la peau qu'elles caressaient comme de la peau. Même en remuant la langue, j'avais l'impression de manger de l'air. Même en tétant avec mes lèvres, j'avais l'impression de lécher de la barbe à papa. Je n'étais satisfait qu'un court instant. C'était comme si je voulais faire affleurer le gras, les muscles, le sang derrière la peau. Ce jour-là, je n'ai pas mis les dents, et mon partenaire n'a pas eu mal. Il a d'ailleurs eu l'air satisfait après coup.

Mais quand on est sortis de la chambre et que j'ai posé le regard sur lui, l'image de l'homme avec qui je venais de coucher m'est apparue si pathétique qu'elle m'a brisé le cœur. Les marques que ma bouche lui avait laissées étaient devenues des bleus immondes en seulement quelques minutes. Des hématomes se développaient non seulement sur sa poitrine et ses côtes mais aussi sur son cou et près de ses yeux, comme s'il venait de se faire tabasser. Sous la lumière bleue, ses contusions ressemblaient à des blessures par balles. Elles deviendraient sûrement écarlates à la lumière du jour et tachaient tout le haut de son corps, maintenant de la couleur d'un panneau d'avertissement. Il était clair qu'il faudrait beaucoup de temps pour que ces bleus disparaissent. En voyant mon amant, je me suis fait la réflexion que j'avais trahi le sens du nom « Fight Club ». Il aurait fallu que je dise quelque chose mais je n'ai pu émettre aucune commande lorsque j'ai croisé son regard, et l'homme a haussé les épaules en riant comme dans un feuilleton comique.

Il me paraissait impossible que je n'aie fait qu'une seule victime. Il me paraissait impossible aussi que je n'aie abîmé que leur peau. J'avais sûrement détruit les organes ou la gorge d'un autre homme sans le savoir. J'avais l'impression de couver un virus contagieux. Dès lors, j'ai évité les partenaires susceptibles de marquer ainsi que les partenaires à qui j'avais sûrement déjà donné des bleus, mais je ne pouvais m'arrêter de descendre au sous-sol. Sans nouvelles d'Ibuki, je me débattais avec cette addiction tordue lorsque j'ai reçu deux messages.

18:39
Ça fait longtemps, je vais peut-être venir

18:39
Tu fais quoi ?

C'était déjà l'hiver, et cela faisait maintenant plus de quatre mois qu'on ne s'était pas vus.

21:06
Désolé, j'ai une tonne de boulot

J'avais décliné en trouvant ses messages quelques heures après leur envoi, mais je l'ai invité au Fight Club deux jours plus tard, le 23 décembre.

* * *

Nous n'étions plus un « homo puissance deux » – on pouvait maintenant se faire du mal sans problème. Cette fois, j'ai remué mes hanches plus fort et plus vigoureusement contre Ibuki, qui était connecté à tous les hommes du monde. Peut-être que nous refaisions tous les deux le plein de quelque chose lorsqu'on couchait ensemble, et peut-être que c'était tout ce qui me restait à lui offrir. J'avais du mal à lire ses expressions dans l'obscurité.

« C'est vraiment avec toi que c'est le meilleur », m'a dit Ibuki juste après le rapport, l'air satisfait. D'une manière ou d'une autre, le compte à rebours était lancé. On se complimentait sur nos corps mais, au fond, ces paroles faisaient ressortir la haine qu'on se témoignait mutuellement.

« Ton oreille, c'est à cause de quel art martial ? ai-je demandé avant de sortir de la chambre.

— J'ai jamais pratiqué d'art martial. C'est ma famille. Je suis le dernier de quatre frères, donc ils me traitaient comme un moins-que-rien. Chaque jour, je rentrais et je devenais la cible de leurs jeux de guerre, donc, au bout d'un moment, mes oreilles ont pris cher. »

Je suis le dernier, donc ils me traitaient comme un moins-que-rien.

Ibuki avait un jour posté ces mots sur ses réseaux sociaux. Si je me souviens bien, c'était une vidéo de canards. Ibuki avait commenté une vidéo montrant un canard délaissé par famille qui n'avait pas remarqué que le petit dernier était tombé dans un fossé. Son commentaire était accompagné d'un emoji pleurs de rire, rien d'autre. Je m'imaginais la manière dont ses oreilles d'enfant s'étaient lentement broyées de l'intérieur, accumulant du sang. Son père n'avait peut-être pas voulu les arrêter. J'avais du mal à m'imaginer ce père noir, calme devant la violence de ses garçons, et qui n'essayait pas de les adoucir.

3

Janvier 2019

Deux semaines passent sans que la police m'appelle. Je cesse de m'imaginer que mon quotidien va basculer et je me dis que, quelque part, Ibuki est sûrement en train de parler de l'agression. Si c'est le cas, il est clair qu'il a coupé les ponts avec moi. Je ne le contacte pas non plus. Il n'y a pas de nouvelle information à propos de l'incident.

Un homme ordinaire est adossé à un mur du Fight Club. Son corps nu se découpe comme un éclair dans la pénombre. Il est beau comme une statue de Bouddha délabrée. Un autre homme apparaît au coin du couloir. Je ne vois pas son visage mais il effleure la main de l'homme adossé quand il le remarque. Comme dans une vidéo en lecture inversée, il lui caresse le bras du bout des doigts en montant jusqu'au coude puis en redescendant. L'autre homme reste immobile comme une statue et répond

En attente à ses invitations. Les deux hommes sont jaunes comme les autres. Ils ne me ressemblent pas.

Alors que leurs visages écrasés par l'obscurité se font face, sûrement pour se regarder dans les yeux, un désir enfoui en moi ressurgit. Je ne sais pas si je voudrais les toucher moi-même ou me trouver à leur place, et ce besoin ambigu continue d'exciter mes nerfs. D'où vient cette sensation d'avoir envie de quelqu'un qui me ressemble et qui réponde à mon désir ? Je ne comprends pas bien quelle partie de moi – mon corps, ou bien mon cœur – ce fantasme fait frémir. Ça ne va pas jusqu'à me serrer la poitrine mais la sensation est quand même légèrement plus forte que lorsque quelqu'un trace les contours de vos côtes avec ses doigts.

Le deuxième homme se penche. Son visage est illuminé de bleu lorsqu'il enfouit son nez dans le cou de l'autre. La courbe de ses tempes, comme une extension de son corps nu, est de la même couleur que sa peau, et ses cheveux courts s'y éclaircissent graduellement en petits grains épars. Ses cheveux, plus longs au sommet de sa tête, sont hérissés par grappes, et on dirait que des cornes lui poussent sur le crâne.

Le grain de son visage, vu à quelques mètres de distance, semble imbriquer plusieurs épidermes différents. Sur sa peau bleue qui émerge de la pénombre, quelques poils ont échappé au passage du rasoir contre le menton, des rougeurs ont marqué les pommettes, des cernes et des poches soulignent les yeux et les muscles des joues sont tirés. Ses pores sont visibles par endroits et complètement lisses ailleurs. J'ai en tête l'image d'un homme de 32 ans qui fait jeune, ou bien d'un garçon de 26 ans un peu mature.

Le bout de son nez hésite, comme un prédateur qui se méfie de sa proie. Il tourne un instant son regard vers le plafond vide, levant la tête comme s'il abandonnait l'idée de passer à l'attaque, et il se cache dans l'ombre. Une peur absurde épaissit l'atmosphère. Je secoue la tête pour m'en débarrasser. C'est idiot. Je baisse les yeux. Je décroise les mains devant moi. Je les rassemble une nouvelle fois et j'entrelace mes doigts. Ma main droite et la gauche se ressemblent énormément. L'une et l'autre sont mes mains. Je sais déjà que deux corps peuvent se ressembler énormément. Pourtant, même si leurs propriétaires se ressemblent, ils restent des personnes distinctes l'une de l'autre.

J'ouvre les paupières, complètement closes auparavant, et, dans mon champ de vision comme brouillé par un coup de peinture, je vois l'homme caché dans la pénombre qui approche. Il marche directement vers moi, évitant une ampoule qui pend du plafond. Lorsque la lumière lui frappe le front et la joue droite, son sourcil se fend, comme coupé avec un rasoir. Son visage est encore caché par l'ombre et ses pas n'hésitent à aucun moment. Nos bras se frôlent en se croisant. Ce contact est assez ambigu pour que ni lui ni moi ne sachions qui a invité qui mais mes mains continuent de chercher son corps, et ses mains font de même. On pousse la porte de la chambre derrière nous.

La chambre ne permet pas de s'allonger complètement, et un grand coussin en similicuir calé contre le mur sert de matelas. Sa surface est trop petite pour s'y coucher. Il n'y a pas d'autre option que s'asseoir, ce que je fais, laissant l'homme debout devant moi me bloquer la vue.

Il tend le bras en direction du mur et actionne un interrupteur carré gros comme sa main. Une lueur bleue envahit la chambre. On s'observe. L'ampoule éclaire le visage de l'homme, désormais sans relief, et ses yeux me sourient, soulagés de pouvoir me scruter. Des rides se forment à leurs coins sans le vieillir. Au contraire, les stries font la même impression sur lui que des pommettes rebondies. Je ne comprends pas bien pourquoi il m'accompagne dans la chambre. C'est ce que je me dis toujours quand je couche avec d'autres hommes. En attrapant ses poignets, mes doigts se prennent dans l'élastique qui fixe la clé à sa main droite. Je réessaie. La chair de ses poings est épaisse et rebondie, comme s'il dissimulait quelque chose. J'enfonce mes pouces dans le creux de ses mains. L'une d'elles s'ouvre tout de suite mais l'autre se contracte encore plus. Je comprends qu'il tient une petite boule de quelque chose. Ce qu'il protège avec les muscles de sa paume, et non la force de ses cinq doigts, c'est une plaquette de chewing-gum emballée dans de l'aluminium. La plaquette glisse et rebondit par terre. L'homme s'en rend compte mais n'y prête aucune attention. Son sexe enfle. Il lui reste encore quelque chose du désir qu'il a ressenti pour la statue de Bouddha délabrée de tout à l'heure. Quelques minutes après, je tends la main vers lui et je l'arrose de mon sperme.

Il me tapote le bras, comme pour me dire « bon, bah… », et il ouvre la porte. Je le suis dans le corridor. On avance chacun de son côté, gardant toutefois une certaine proximité, qui montre que nous ne sommes pas redevenus des étrangers, et on se fraye un chemin à travers le grouillement des hommes. Même s'il est d'usage de vagabonder en entrant au Fight Club, quand on prend le couloir en sens inverse, c'est toujours pour aller aux vestiaires. On ne marche pas ensemble pour le plaisir – on a tout simplement la même destination. Mais, alors qu'on tourne au coin du couloir, plusieurs hommes se retournent vers nous et nous prenons conscience de nos mouvements.

Même après avoir pris nos douches séparément et en se rhabillant, notre connexion ne disparaît pas. J'enfile mes vêtements tout en hésitant à lui demander son numéro. Quand il m'arrive de me rhabiller en même temps qu'un autre client, je finis toujours par me calquer sur son rythme sans faire exprès. Cette fois encore, nous finissons au même moment. On porte tous les deux un costume bleu.

Il tire le rideau des vestiaires en premier. J'entends des semelles clapoter derrière le tissu, qui se gonfle quand un coup de vent frais passe par la porte que quelqu'un vient d'ouvrir. Je ne sors du Fight Club que quand je suis certain que l'homme a disparu.

Comme d'habitude, les parties communes de l'immeuble ont une odeur particulière. Les effluves de béton et d'eau stagnante qui baignent l'escalier viennent me rappeler quelle place l'endroit d'où je sors occupe dans le monde. Traverser ce sas en béton me démoralise plus que n'importe quelle partie de la surface ou du sous-sol.

Je monte les marches sur la pointe des pieds et je m'apprête à sortir quand quelque chose m'arrête en plein mouvement. De l'autre côté de la porte vitrée bordée d'inox, l'homme que je viens d'étreindre discute avec deux policiers. Une doudoune métallisée surmontée d'un col en fourrure recouvre leurs costumes bleus. C'est la tenue habituelle des officiers en hiver.

Depuis l'incident, il arrive que des policiers attendent devant le bâtiment. Ils interpellent les hommes avant que ces derniers ne se fondent dans la ville et contrôlent leur identité. Ils ne se postent pas à quelques mètres, mais en face de l'immeuble. Un jour, j'ai aperçu leurs silhouettes bleues devant l'entrée et j'ai directement tourné les talons.

J'observe l'homme et les policiers de l'autre côté de la porte vitrée. Les croisillons de métal imbriqués dans le verre me gênent et m'obligent à pencher la tête sur le côté. Je pourrais utiliser leur échange comme diversion et passer à côté comme si de rien n'était mais l'attitude de l'homme retient mon attention. Il agite son index de droite à gauche et pointe le sol du doigt, comme s'il leur donnait des ordres. Il a l'air de protester. Je n'entends pas sa voix. Les sifflements qui passent entre la porte et le mur noient les petits bruits. Malgré tout, je comprends pourquoi il proteste, ce qu'il réclame, ce qu'il estime malintentionné dans l'attitude des policiers. Je comprends tout comme si je lisais des sous-titres.

Il semble critiquer le fait qu'ils « fassent le planton devant l'immeuble ».

Je ne pense pas que les deux officiers soient capables de comprendre que piéger des gens devant un lieu de rencontres gay contribue à les *outer*. J'imagine que, pour eux, ce n'est pas bien différent qu'attendre dix mètres plus loin au coin de la rue et qu'il est tout à fait raisonnable de se garer à côté de l'immeuble. Ils s'empêchent clairement de rire tout haut : à leurs yeux, admettre que « quitte à se mettre en embuscade, le minimum serait de le faire un peu plus loin » est déjà synonyme d'aveu. Mais lorsqu'ils comprennent que la demande de l'homme est tout à fait sérieuse, ils commencent à hocher la tête, pas tant pour adoucir leur attitude que pour se préparer à contester ce qu'il dit. Il proteste mais il est déjà devant l'immeuble. Pour que cette situation embarrassante prenne fin, il devrait renoncer et répondre rapidement à leurs questions, ce qu'il ne fait pas, sûrement parce qu'il veut qu'ils écoutent au moins ses doléances. C'est fascinant de le voir en colère, et je commence à m'imaginer de quelle façon il pourrait obtenir gain de cause d'une manière ou d'une autre.

Comme pour émettre une commande, le policier d'une quarantaine d'années hoche la tête et glisse *Tais-toi maintenant* à son collègue d'une voix douce. Le jeune policier ne semble pas prêter attention à son aîné et continue de discourir comme un robot, de sorte que l'homme qui était avec moi dans le Fight Club a encore moins envie de lâcher l'affaire. De là où je suis, on dirait que le plus vieux des policiers essaie de faire le médiateur, comme s'il comprenait ce que chacun de ses interlocuteurs veut dire. L'homme tend son portefeuille. Le plus jeune des deux policiers le prend et il en examine tous les recoins avec insistance. Il se concentre pour faire semblant d'ignorer les demandes de l'homme. Je pense qu'il n'a pas l'habitude de s'excuser, ou alors que les deux policiers font leur numéro de *good cop, bad cop* et que le plus jeune endosse le rôle du méchant officier pendant que le vieux joue les compréhensifs.

Alors qu'il rend son portefeuille à l'homme, le plus jeune des deux officiers dit quelque chose. Des pourparlers s'engagent. Même si je ne comprends pas exactement ce qu'il dit, l'homme a pris une grosse voix remplie de colère.

« Non, mais qu'est-ce que ça veut dire exactement, “choisir un endroit obscène pour interroger les gens” ? »

Je comprends de mieux en mieux ce qu'il répète. Il ne crie pas mais le ton de sa voix souligne progressivement la gravité et l'importance de ses demandes. Je plisse les lèvres comme pour siffler.

J'ai l'impression de regarder un match de sport. Je me sens de plus en plus investi.

Pensant simplement que les trois hommes se disputent, les passants les évitent. Ils ne vont pas jusqu'à s'arrêter mais ils sont manifestement curieux de la situation car ils ralentissent le pas et se retournent même quand ils ont l'impression d'être sur le point de découvrir le fin mot de l'histoire. Le cadre de la porte vitrée me cache peut-être une partie du décor. Plusieurs personnes sont peut-être déjà en train d'observer le spectacle d'un peu plus loin. L'homme, en colère, n'en est aucunement perturbé et exagère chacun de ses mouvements pour que les spectateurs, s'il y en a, comprennent bien ce qui se passe. Cependant, il ne montre aucun signe d'agressivité. Les policiers le regardent, tête baissée, et attendent le moment propice pour l'interrompre. Un sourire commercial se dessine sur leurs lèvres. Ce ne sont pas des excuses, plutôt une marque de politesse. Voyant cela, l'homme se calme un peu.

J'avais prévu de rester caché dans la cage d'escalier mais je pose malgré moi la main sur la porte vitrée. Quand je croise les bras, l'un de mes coudes fait bouger le battant. J'intercepte le regard de l'homme et je me rends compte que j'ai entrouvert pour les observer. Il me sourit, montrant ses dents derrière ses lèvres, comme s'il m'attendait. Je m'approche en souriant pour l'entraîner vers la station. L'un des deux policiers me touche le coude en voulant m'arrêter et je me surprends à repousser violemment sa main. Comme on s'est rentré dedans et que je l'ai rembarré, je fais un pas en arrière et je lui souris pour montrer que je n'ai pas d'intentions agressives – je craignais seulement de « toucher quelque chose de sale ». Jusqu'à cet instant, je ne savais pas que j'étais capable d'une telle effronterie. Peut-être que l'audace de l'autre homme a déteint sur moi.

Je le remercie de ne pas être resté silencieux face à cette injustice, puis nous parlons du fait que la police attend souvent devant le Fight Club ces temps-ci et on se plaint de la bruine en riant. On marche tous les deux très rapidement. Je me sens à l'aise, car cela ne change pas de mon allure habituelle. On échange nos noms et on discute de notre excitation au moment de coucher ensemble au sous-sol.

Il me montre sur son portable que la pluie va bientôt s'arrêter. Je lui dis que j'ai faim et il me répond que lui aussi. Je lui parle du restaurant de hamburgers qui a ouvert de l'autre côté de la colline en prenant le carrefour à droite, et on décide de faire halte sur les tabourets là-bas. Les seules places disponibles sont autour du comptoir en U. Les carreaux forment un échiquier par terre et la borne qui délivre les tickets repas est conçue à l'image d'un flipper.

Il y a quelques années, la décoration des restaurants qui ouvraient dans le centre-ville s'inspirait plutôt du Moyen-Orient ou de la Scandinavie, mais, ces derniers temps, de plus en plus de restaurants arborent un style rétro américain. En jetant un coup d'œil par la fenêtre, je m'aperçois que la pluie s'est arrêtée il y a déjà un moment et que les immeubles ressemblent maintenant à des colonnes bleu clair dans le ciel nuageux. Sur la façade d'un bâtiment à peine visible, un grand écran digital diffuse une bande-annonce. Ni lui ni moi ne regardons les multiples films tirés de vieux comics américains qui n'en finissent pas de mettre en scène la réunion de super-héros originaires de mondes différents. Il se moque du mot *multivers* que les films utilisent à tout-va pour se faire de l'argent, à la manière d'agences immobilières, et j'abonde dans son sens. Je l'invite à demi-mot en lui disant que, tout de même, ces films sont assez amusants, et que, puisqu'on ne se connaît pas, ce serait pas mal d'aller voir ça au cinéma si on veut se donner rendez-vous. Il verse du ketchup sur ses frites et me répond quelque chose comme *Pourquoi pas*.

« T'es gay ?

— Ouais », réponds-je, puis je lui retourne la question en utilisant le prénom qu'il m'a donné tout à l'heure.

Il baisse la voix et répond : « Je suis bi. »

Ce n'est pas de la honte. Il a seulement ajusté son volume sonore au mien.

« Tu veux un Coca ?

— Je sais pas.

— Tu préfères les mecs ou les filles ?

— Je baise avec les deux. Par contre, je peux avoir de truc sérieux qu'avec un mec. »

Il me regarde avec un air si grave que j'ai envie de rire et de lui dire qu'il n'a pas besoin de se montrer si honnête. Ça lui vient peut-être de son entourage, ou alors c'est sa personnalité. Je me dis qu'il a dû grandir avec la peur de trahir les attentes des autres. Je tourne sur le tabouret à pied coulissant, j'appuie sur le bouton rouge et j'insère un billet de 1 000 yens dans la machine, qui me donne deux coupons pour des Coca-Cola.

« Je te rembourse plus tard », me dit-il en tendant son ticket au comptoir.

On est systématiquement sur la même longueur d'onde. Les semaines qui suivent, notre relation évolue naturellement, sans que ça nous gêne d'avancer dans des directions voisines mais différentes qui ne se recoupent forcément lorsque l'un de nous suggère quelque chose. Ça me rappelle une relation que j'ai vécue avec un autre homme.

On se donne rendez-vous à la surface pour voir un film et dîner, puis on passe la nuit à l'hôtel. On ne travaille pas dans le même domaine mais nos rythmes de vie se ressemblent assez pour qu'on se voie naturellement le week-end. Avant, je passais ce temps-là au Fight Club.

Après l'un de nos rapports, il complimente mes lèvres. « Il y a d'autres métis qui ont les mêmes lèvres que toi, mais avec le contour beaucoup plus marqué, dit-il en suivant ma lèvre supérieure du doigt. Regarde, la mélanine de tes lèvres se fond dans la mélanine de ta peau. Ça crée un dégradé de couleur très doux. C'est rare. »

Ce n'est pas désagréable. Au contraire, le fait qu'il me regarde d'assez près pour remarquer ce genre de choses me donne la sensation réconfortante qu'il corrobore mon existence.

Des métis avec les mêmes lèvres. Le contour beaucoup plus marqué.

Je ressasse tout ce qu'il a dit quand ça finit par me revenir. Un menton souligné par une bande de peau lisse entre la bordure de la lèvre supérieure et les pores de la barbe. À chaque mot qu'il prononce, cette partie de son visage qui brille. Il lance une plaisanterie et la lumière glisse sur le contour de sa bouche. Lorsque les lèvres se touchent, le coin de ses yeux plissés étincelle en me regardant.

« Ce genre de lèvres ? » Je lui montre celles d'Ibuki.

J'ai choisi une photo au hasard sur son compte, qu'il n'a pas mis à jour depuis l'incident, et je l'agrandis avec deux doigts.

« Tu le connais ?

— Ouais. »

Il fixe le portable un moment. Les lèvres ne prennent pas tout l'écran et il a l'air de regarder le nom du compte dans le coin de la photo, ainsi que sa date de publication. J'enchaîne : « Il est plus cool que moi. »

Il est parfaitement possible qu'il soit envoûté par Ibuki. Je garde cette hypothèse en tête et continue à lui montrer des photos. Je ne ressens aucune jalousie.

Certaines personnes développent un attrait inconscient pour une célébrité qui leur ressemble. J'éprouve à peu près la même sensation lorsque je montre une photo d'Ibuki à quelqu'un pour la première fois. À mes yeux, Ibuki n'est pas seulement une autre personne qui existe sur le même plan que moi ; c'est devenu un outil que j'assimile petit à petit pour hypnotiser les hommes qui me plaisent. Il me sert quasiment de filtre photo, à la seule différence que je ne l'applique pas sur mon visage. Comme si tous les détails de notre relation avaient été effacés, je ne suis fier que du Ibuki sur les images. Dans ma tête, nous sommes quasiment la même personne : en partant du principe que toutes les relations ou presque de mon compagnon actuel ont tendu à remplir le vide d'un cœur solitaire, ses sentiments devraient rester les mêmes, que ce soit Ibuki ou moi qui le blesse.

« Ah bon ? »

Il hoche la tête dans ma direction, sans marquer d'accord ni de désaccord franc.

Chaque jour, ses doigts s'arrêtent sur une nouvelle partie de mon corps. Il caresse la surface de ma peau, comme s'il voulait y jeter ses dernières forces après avoir tout épuisé dans mes muqueuses. Chaque recoin de mon corps est examiné à son tour, puis on discute ensemble de ce qu'il en a retenu. Je connais déjà toutes mes particularités. Rien ne m'étonne. Mon propre corps ne m'a jamais intéressé plus que ça. Mais ça l'intéresse, lui, qui a un gabarit en tête. Je sens qu'il compare chaque détail à quelqu'un d'autre, et que ce quelqu'un n'est pas un homme ordinaire. J'ai la nette impression qu'il se sert de paramètres établis en fonction d'un modèle qui me ressemble.

Le seul moment où il a formulé une comparaison, c'est lorsqu'il a parlé de mes lèvres, mais, au-delà de cet incident, je sens à l'acuité de son regard que ses compliments s'adressent à une certaine personne qu'il a en tête, qui me ressemble et dont il peut repérer chaque petite différence avec moi.

Il appuie sur la bosse de mon nez. Je ne fais pas vraiment attention à cette partie de mon visage, qui, pour moi, ne sert qu'à faire tenir des lunettes. Il la pince entre ses deux doigts et il me dit : « T'as pas le nez écrasé. Il est tout droit. » C'est certainement parce qu'il a déjà touché un autre nez busqué qu'il utilise cette tournure négative pour me parler du mien. Derrière chacune de ses paroles se cache une personne dont il se sert comme référence, et dont les traits correspondent étrangement à ceux d'Ibuki. Mes narines commencent à frémir à mesure que les souvenirs resurgissent.

Je lui demande en riant pourquoi il touche autant mon visage, et je suis surpris de m'entendre répondre que, moi aussi, je touche souvent son visage. Je ne sais toujours pas qui influence qui.

Il monte sur moi comme un chat et me regarde, les yeux levés vers les miens. Je lui caresse les lèvres. Il me tète le doigt. Je repense au fait que le désir de dominer mon corps robuste se tapit bel et bien en lui, et je me dis qu'il n'en a pas souvent l'occasion. Mon rôle est de plus en plus clair.

Au début, nous passons toujours quelques heures dans un love hotel, mais, au-delà du sexe, ce sont les temps morts après l'acte qui s'éternisent de plus en plus. Les Jeux olympiques imminents donnent lieu à l'ouverture de nouveaux hôtels rénovés pour la vague de touristes à venir. L'un de nous réserve, on prend possession de la chambre d'hôtel discrètement vétuste et l'autre rembourse la moitié de la somme en liquide à celui qui a payé. On se fréquente en dehors et on dort souvent dans le même lit. Comme le nombre de fois où on couche ensemble décroît de façon organique, il ne faut que quelques semaines pour que le temps passé en compagnie l'un de l'autre prenne le pas sur le sexe. Nous faisons en vitesse accélérée tout ce que les couples font avant d'officialiser et quand la relation débute, mais on ne s'inquiète pas du tout d'une rupture. Ni lui ni moi ne sommes du genre à claironner ou à souligner chaque petite étape de notre relation, d'autant que je ne l'ai vu que quelques fois de plus qu'Ibuki. Si on se séparait, ce ne serait pas dramatique – plutôt un éloignement en douceur.

« T'as un bleu », me murmure-t-il une nuit alors que son nez frôle ma poitrine. Dans l'obscurité de la chambre, nos corps se découpent, bleutés, quand on se tourne vers la fenêtre. Je vois enfin de quoi il parle dans la lumière douce : une pointe de la couleur du sang perce le centre de l'hématome, dont le bleu se superpose à la couleur de ma peau pour apparaître plus foncé.

« Il ressort bien. »

Comme des gouttes d'encre se propagent petit à petit et se rencontrent sur une page vierge, je recommence à me promener au sous-sol. En revanche, je ne couche avec personne, donc il ne peut m'accuser de rien. Un malaise m'étreint malgré tout, car, au lieu d'avoir l'air contrarié, ses yeux brillent d'excitation quand j'évoque le Fight Club.

Il me demande si c'est à la mode de se donner des bleus entre hommes. Il n'y a ni colère ni mépris dans sa voix, juste une certaine curiosité, comme s'il examinait un diorama sur l'écosystème d'une espèce animale au musée en se questionnant sur ses coutumes nuptiales.

C'est à la mode de se donner des bleus entre hommes. Voilà ce qu'il pense. Avant, il se souvient que c'était le squirting. Les démonteurs d'entrailles s'attendaient à ce que les entrailles démontées squirtent après un rapport. Personne ne réfléchissait vraiment à ce que le squirting était en soi. C'était surtout l'effet que la pratique produisait visuellement qui était à la mode.

Maintenant, ceux qui veulent laisser une marque physique de leur passage se servent de leurs lèvres pour déchirer les veinules de leur partenaire. La morsure crée un bleu à la surface de la peau. Telle est sa réflexion. Plus besoin d'endosser un rôle précis pour laisser un bleu sur le corps de l'autre. Actif ou passif, chacun peut laisser sa marque. Contrairement au squirting, qui ne laisse qu'une trace fugace, les bleus s'incrustent dans le corps de l'autre. Il imagine que les hommes s'y adonnent pour garder une trace de leur partenaire.

Lorsqu'on se promène au milieu d'une foule d'hommes dans les couloirs, on ne laisse aucune trace. Même si c'est justement ce que souhaite la clientèle des lieux de rencontres, il est tout à fait possible qu'elle finisse par changer d'avis. S'ils veulent laisser un petit vestige du plaisir temporaire qu'ils ont vécu, ceux qui ont abjuré leurs vœux matrimoniaux peuvent se donner des bleus, comme quand on injecte du liquide fluorescent à une souris de laboratoire ou quand on ajoute un profil séduisant à ses favoris sur une application de rencontres. Mon compagnon pense que les bleus qu'un homme aperçoit sur la peau d'un autre font office de label de qualité laissé par un ancien partenaire.

Je lui demande : « Mais ça ne te fait pas peur quand tu vois des bleus ? » Moi, j'ai peur. Je me souviens de l'homme qui portait mes bleus d'avertissement. Je me souviens de la peur que j'ai ressentie lorsque j'ai vu son corps dans l'ombre, couvert des bleus que je lui avais infligés.

« Mais peut-être que cette peur est une tendance du passé », me répond-il. Quand les hommes, par préoccupation d'hygiène, étaient attirés par les choses propres, c'était seulement parce qu'ils craignaient que la saleté se transmette à la surface de leur corps. Lorsque les médicaments ont permis de soigner les virus, cette inquiétude a disparu. De toute façon, les bleus ne se transmettent pas par simple contact – ils ne sont pas contagieux. Les hématomes qu'il devine au sous-sol ne sont pour lui que des marques en deux dimensions.

Les hommes se font don de bleus comme s'il s'agissait de *likes* sur les réseaux sociaux. D'après lui, le nombre d'hématomes n'étant pas limité à un par personne, on peut en laisser autant qu'on veut selon la quantité de gens qu'on fréquente, de telle façon que cette mode s'est répandue encore plus rapidement qu'un virus.

Je reste coi et je pense aux hommes qui font exception à cette règle. Il y a des hommes qui ont des bleus antérieurs au Fight Club. Il y en a qui n'ont pas consenti à les recevoir. Tant que je ne concentre pas mon regard sur ma peau, je ne distingue pas le mien. Il le touche sans hésitation. Ça ne fait pas mal mais ça me laisse un arrière-goût étrange, comme si des doigts invisibles me rongeaient la chair.

***

Ce qui l'intéresse le plus, c'est de voir les gens parvenir à un consensus tacite. C'est sûrement lié à sa personnalité. Il se laisse envoûter par le décorum et l'excitation des espaces fermés. Sa capacité à se laisser plonger relève d'une certaine forme de génie. De fait, on tombe étonnamment souvent sur des amis à lui lors de nos rendez-vous. À chaque fois qu'il essaie de m'expliquer comment ils se sont rencontrés, il finit toujours par éclater de rire et secouer la tête comme pour dire que cela n'a pas grande importance. Il a des amis de toutes les classes sociales, de toutes les lignées, de tous les âges et de tous les genres. Il me présente, on échange quelques mots et on se met tout de suite à évoluer dans le tourbillon de la piste de danse, loin de la personne que l'on vient de saluer.

En vrai, je ne me souviens pas de son nom.

Je ne sais pas qui c'est.

Parfois, il me murmure ce genre de choses à l'oreille lorsqu'on perd de vue ses amis.

Entre les vagues de danseurs sur la piste, il virevolte continuellement, telle la voile d'un bateau.

Je pose souvent mes mains sur ses épaules pour ne pas perdre sa trace. Mes mains suivent chacun des mouvements capricieux de son corps, comme pour jouer au petit train. À chaque fois que la musique change, que quelqu'un vient le voir, il réagit comme un chien fou, mais, dès que ces distractions disparaissent, il s'absorbe totalement dans la musique, tête tournée vers le sol. Guidé par ce programme flottant, sans rime ni mélodie, il se déhanche en tenant son gobelet en plastique à moitié vide contre sa poitrine. Il caresse le vide de sa main droite, qu'il balance çà et là comme pour sentir les courants d'air de la boîte de nuit.

Passé minuit, quand plus personne ne prête attention aux autres convives, on danse doucement en se tenant la main. Au-dessus de nos têtes, des machines accrochées au mur baignent la salle de leur fumée. Elles embrument les spots clignotants et les lumières viennent se briser sur notre peau en un patchwork multicolore. Un motif complexe aux contours indéfinis, comme ceux que l'on voit lorsque la lumière se reflète sur la mer ou s'infiltre à travers les arbres, recouvre les danseurs. Je tends la main devant moi et confirme que ma peau se fond elle aussi dans le motif. Les ongles d'un inconnu, les boucles d'oreilles de mon compagnon, le flash d'un portable au loin – tout cela étincelle autour de nous.

À un moment, je sens un objet dur toucher mes hanches alors que nous nous enlaçons. Je frotte mes hanches contre les siennes, et la chose continue de presser mon bassin. Je pense que c'est sa boucle de ceinture.

Quelques minutes après, plusieurs danseurs se mettent à saigner. Je vois d'abord une femme en minijupe accroupie par terre. Du sang lui coule le long de la cuisse, qui dépasse tout juste de sa jupe. Un homme qui semble être son ami verse l'eau de sa bouteille en plastique sur la plaie, enlève son anorak pour le lui poser sur la cuisse, puis la prend dans ses bras en lui soutenant la tête. Je ne distingue pas le visage de la femme.

Un homme est blessé au ventre. Un autre s'est fait taillader le dos et hurle dans l'escalier. Toutes les victimes sont conscientes et paraissent souffrir de blessures légères. Une femme que je ne connais pas dit que quelqu'un a lacéré des jambes nues et des ventres au hasard, sans distinction particulière. « Flippant », répond la femme à côté de moi en faisant une grimace. Pourtant, la plupart des gens continuent à danser.

Le bleu du ciel s'éclaircit et nous retournons à l'hôtel, où il s'écroule sur le lit. Je passe à la salle de bains. Je ferme la porte, j'enlève mes vêtements devant le miroir et je m'aperçois que le rembourrage de ma doudoune fuit. Comme des tripes transparentes qui se déversent d'une entaille, le coton s'est emmêlé et de longs fils pendouillent. J'ai beau tirer dessus, le coton ne se déchire pas. Au contraire, il s'emmêle de plus en plus. Impassible, je l'enroule autour de mes doigts pour l'enfoncer dans le trou de ma doudoune. Lorsque j'effleure mon bassin, une douleur aiguë me traverse le corps. Je soulève ma chemise, baisse mon jean, et, là où je croyais sentir la boucle de ceinture cogner contre mes hanches, j'aperçois de fines plaies de quelques millimètres sur ma peau.

« Mon père s'est écroulé. Il est à l'hôpital », mens-je pour quitter l'hôtel. Je saute dans un taxi qui m'emmène chez moi. La lumière pourpre qui éclaire le pont caresse la surface de mon jean et de ma doudoune.

Je ferme les yeux, de retour parmi les spots et la fumée, et, dans sa main recouverte par les éclats lumineux, je vois la lame d'un couteau briller un instant. L'Homme Camouflage s'impose à mon esprit. Je sors mon téléphone.

Je suis passé à l'hôpital
Ça a l'air d'aller pour l'instant

Je prends conscience qu'un homme a fait du crime de haine son quotidien, mais je dois convenir au même moment que je ne peux ni le fuir ni l'affronter car j'entretiens une relation sérieuse avec lui.

* * *

Le week-end suivant, je monte seul dans le métro, vers l'est de Tokyo. Ningyōchō. Higashi-Nihombashi. Asakusabashi. Les lumières rouges des stations sur le panneau d'affichage s'effacent au fur et à mesure que le métro avance, et, parmi les noms des arrêts, je choisis celui qui me semble le plus vieillot, le plus typiquement japonais.

Il pleut. C'est un dimanche midi, et, bien que le quartier grouille de touristes, le magasin dans lequel je pénètre est totalement vide, comme s'il n'apparaissait même pas dans le champ de vision des passants. Le panneau sur la devanture est un grand couteau de bois avec le nom du magasin en japonais et en anglais. C'est une boutique de vieilles lames japonaises comme tant d'autres dans la ville. Elle ne possède rien qui ressemble à des caméras de surveillance, et on dirait que la marchandise disposée sur l'étal devant l'entrée du magasin peut disparaître à tout moment. Un poste de télévision est posé sur le comptoir. L'écran rétro bombé diffuse une vieille émission qui présente la boutique. Quelqu'un écaille et découpe un poisson sur une planche de bois. La voix surprise d'un des présentateurs résonne. Quelqu'un sort le plus grand couteau du magasin de sa boîte. Un tandem de comédiens en costume s'amuse à agiter des hachoirs emballés dans du plastique.

C'est dangereux !

J'ai vraiment l'impression qu'on va se couper !

Des sous-titres outranciers répètent ce qu'ils viennent de dire.

Même s'il s'était agi d'informations en direct qui détaillaient comment quelqu'un s'était fait poignarder plutôt que d'une émission enregistrée, je n'aurais pas hésité à faire mon achat. Ces armes sont utilisées quotidiennement par tout le monde. Même si elles sont d'usage potentiellement délictueux, personne ne voit leur existence comme quelque chose de dangereux et tout le monde en possède. C'est parfait pour l'Homme Camouflage.

Derrière une vitrine maculée de traces de scotch, des couteaux de taille réduite s'alignent. Même en prenant le manche en compte, ils sont assez petits et dépassent à peine de la paume de ma main. Comme si leurs lames voulaient faire barrage aux préjugés, elles réfléchissent une lueur pâle. Les mains ridées du vendeur emballent minutieusement le couteau dans du papier de soie, puis le placent dans une boîte en carton.

Des billets pliés de façon inhabituelle s'accumulent dans mon portefeuille. Quand on passe la nuit à l'hôtel, la personne invitée rembourse toujours la moitié du prix de la chambre en liquide, et je ne sais même plus combien de billets il m'a rendus. J'en prends une liasse et j'achète le couteau.

Il pleut toujours. Derrière la devanture du magasin, un grand nombre de parapluies envahissent la rue. Des langues inconnues résonnent parmi les éclats de voix qui me parviennent depuis la fente entre les bâches en plastique. Je sors du magasin et je me fonds dans la masse sans visage.

Jusque-là, l'Homme Camouflage m'a montré quatre visages différents. Quand on n'est que tous les deux, il me montre son visage d'*amant*, mais, dès que d'autres personnes se joignent à nous, il change et se transforme en *ami*. Ça m'arrange de toute façon. Il se métamorphose d'*amant* en *ami* aussitôt qu'on sort de la chambre d'hôtel pour traverser le couloir, et il repasse en mode *amant* lorsque les portes de l'ascenseur se referment. Descendre au sous-sol, monter dans un taxi, franchir une porte : il mue dès qu'il franchit le seuil d'un espace donné.

Au moment de notre rencontre, il arborait le visage d'un *homme ordinaire* errant dans les couloirs du Fight Club. Il a jeté ce masque ensuite comme si de rien n'était, disant qu'il n'allait « pas souvent dans ce genre d'endroits », alors qu'il avait vraiment l'air de tenir à le garder quand il se disputait avec les policiers.

Il me montre son quatrième visage au cours d'une soirée de la fin d'hiver ou du début du printemps. J'aurais dû tenir compte du fait que les gens évoluent au rythme des saisons. Ils affluent tous vers les mêmes lieux, de sorte qu'il vaut mieux éviter les endroits populaires, mais ça fait déjà un moment que les cerisiers fleurissent – on s'est dit que, si on repoussait, les pétales allaient faner. Nous voici maintenant coincés au milieu d'une longue file d'attente. La queue est telle qu'on ne voit plus les lanternes de papier. Un magasin de vêtements, une friperie, une boutique de produits de beauté : tous les tenanciers des magasins qui donnent sur la rue ont compris que des soûlards pourraient venir traîner chez eux et ont exceptionnellement fermé plus tôt. Seuls les restaurants et les bars sont restés ouverts. Ils ont tous installé des stands sur les marches de leur perron ou dans leur parking, où ils vendent nourriture et boisson. Bien que notre lenteur extrême nous permette de lire les menus, leurs caractères sont très petits et il faut vraiment s'approcher pour les déchiffrer. Malheureusement, dès qu'on envisage d'acheter quelque chose, la queue avance. J'ai soif. Il sera bientôt l'heure de l'événement en boîte de nuit auquel nous nous rendons. Alors qu'on parle de fuir la foule au prochain pâté de maisons, quitte à faire un détour, la procession s'arrête d'un coup. Il est difficile de rester debout sans bouger, et les conversations qui nous permettent de passer le temps sont sans cesse interrompues par un haut-parleur perché quelque part, qui vomit des slogans commerciaux.

« Aïe ! » s'écrie un homme près de nous, et l'Homme Camouflage reporte tout de suite son attention sur lui. Près de l'endroit où nous sommes, un jeune homme se tient immobile, la tête trempée. L'inconnu, que je pourrais aussi qualifier de jeune homme ou de garçon, se frotte la tête, les mains tremblantes, essayant de comprendre ce qui vient de lui arriver. De grosses gouttes coulent le long de son front. On vient manifestement de l'arroser. Autour de lui, ses voisins mettent un moment à comprendre qu'il a sûrement crié en réaction au choc soudain du liquide. J'en déduis qu'il a reçu de la bière ou quelque chose dans le genre, car des traînées de bulles se mêlent aux éclaboussures. Les bulles glissent le long du côté droit de sa tête, plaquant ses cheveux sur son crâne.

L'homme trempé secoue la tête comme un chien et projette du liquide gazeux autour de lui sans faire attention à la foule. Il passe violemment les doigts dans ses cheveux comme s'il voulait asperger ses voisins. Sentant qu'il cherche à exprimer sa colère sans mots, la nervosité nous gagne. Il n'y a que moi et mon partenaire qui avons l'air assez costauds pour essayer de le contenir physiquement. Mais il n'est pas venu seul : il fait partie d'un groupe de quatre hommes, tous aussi jeunes que lui, et il est évident que personne ne pourrait les arrêter s'ils décidaient de mettre la pagaille.

Le groupe de jeunes jette des regards noirs à quelque chose ou quelqu'un au-dessus de nos têtes en cherchant le coupable des yeux. Seules la terrasse d'un bar et les cimes des cerisiers nous dominent. Les établissements avec vue sur les arbres ont l'habitude de gonfler considérablement leurs prix lors de la pleine floraison et on aperçoit, par les fenêtres, les silhouettes des clients que ça ne dérange pas de dépenser pour cet événement.

Un groupe d'amis doit être en train de chahuter au-dessus de l'homme qui s'est fait éclabousser. Une bouteille renversée ballotte le long de la balustrade. Ce n'est pas de la bière que l'homme a reçue, mais du champagne. Quelqu'un sur le balcon a sûrement bousculé la bouteille à moitié vide de sa main ou son coude. Personne ne se penche au-dessus de la balustrade pour s'excuser. Il semble même que, depuis le balcon, on n'ait pas remarqué que quelqu'un, en bas, a reçu le reste du champagne sur la tête. La seule trace encore manifeste de l'incident, c'est le magnum qui vacille dans les airs et menace de tomber sur nous.

Le tee-shirt de la victime est quasiment trempé et a changé de couleur. Ses paupières, sinistrement assorties à sa rage, sont rougies par l'ivresse. À cet instant, je vois un changement s'opérer en l'Homme Camouflage. Des gouttes de champagne violemment secouées des cheveux de l'inconnu ont taché sa chemise. Mains sur les hanches, il observe le groupe de jeunes un moment. Après un certain temps, ses pupilles s'agitent de droite et de gauche, sans relâche, et il remue la tête de bas en haut par saccades. Il ne tremble pas : il hoche la tête. Il attendait le bon moment pour manifester son soutien au groupe. Lentement, ses lèvres esquissent un sourire. Son regard croise celui du jeune homme. Le visage du garçon, qui le regardait jusqu'alors avec prudence, se tord en un sourire étrange. L'Homme Camouflage lui tend une bouteille de Coca vide d'une main et lui agrippe le bras de l'autre pour qu'il la saisisse. Comme on aide un enfant à tenir ses baguettes, l'Homme Camouflage utilise ses deux mains pour apprendre au garçon, non pas à tenir la bouteille, mais à s'en saisir comme d'un projectile. Ensuite, il pointe le doigt en l'air. Il se tient derrière le garçon et guide ses mains pour qu'elles lancent la bouteille vers le balcon, comme s'ils jouaient aux fléchettes. La bouteille dessine un arc dans les airs, passe aisément la balustrade et entame sa descente au ralenti. Crachant le reste de son contenu, semblable à la traîne d'une fusée, elle atterrit sur la terrasse.

Dans un fracas de céramique et de métal, le balcon se remplit de cris frénétiques et des acclamations tonnent dans la rue. Le groupe de jeunes se réjouit avec l'Homme Camouflage d'avoir mené une contre-attaque encore plus brillante qu'ils ne l'espéraient, mais leur attitude trahit un mélange insolite de peur et de malaise. De même qu'on croit tromper le vertige de l'ivresse en buvant davantage, les nouveaux amis de mon compagnon commencent à sortir des tickets de caisse froissés de leurs poches, à ramasser des bouchons de bouteilles tombés sur la route et à lancer leur butin dans les airs. Certains déchets atteignent le balcon, d'autres disparaissent dans la foule.

Parmi les cerisiers qui bordent la rue sous les balcons, l'Homme Camouflage se mêle aux *jeunes d'en bas* et chahute avec eux. La sueur perle bientôt sur leurs fronts, qu'ils essuient avec le dos de la main. Ils ne sont pas les seuls en nage. Comme le reste de la foule, je commence à dégouliner.

Le bouchon humain refuse de céder. Soudain, l'Homme Camouflage aiguillonne le garçon mouillé en lui murmurant « pousse-les » à l'oreille. Le jeune homme, incapable d'en croire ses oreilles, penche à nouveau la tête comme pour le faire répéter. L'Homme Camouflage place ses mains devant lui et fait mine de pousser quelqu'un, touchant le dos de la personne devant lui. Comme s'il cherchait à liquider la colère qui lui reste, le garçon pousse subrepticement l'inconnu du coude. Ses amis l'imitent aussitôt. L'Homme Camouflage utilise quant à lui tout le poids de son corps pour faire pression sur la foule.

« Pousse ! Pousse ! chuchotent-ils en riant et en augmentant la cadence de leurs efforts.

— Ça a un peu bougé.

— Tu peux pousser plus fort. »

Petit à petit, la file d'attente auparavant bloquée commence à avancer, et on entend çà et là des cris de personnes progressivement submergées. Ceux qui attendent derrière nous se fraient un chemin pour rattraper la queue. « Bah alors, ça avance ? » Je sens la frustration monter parmi la foule dans mon dos. L'illusion de pouvoir résoudre le problème par la force ne triomphe que quelques instants, car une poussée énorme suivie d'une avalanche se fait très vite sentir. Les passants qui ne peuvent s'accrocher ni à la rampe ni aux lampadaires piétinent ou s'agrippent à leurs voisins pour se rétablir.

L'agitation se calme mais des cris continuent de retentir loin devant. On aperçoit une paire de jambes minces, visiblement celles d'un enfant, qui dépassent de la balustrade du pont devant nous. Comme si l'inconnu était la proie de flammes invisibles, ses mollets battent frénétiquement dans les airs. Ses sandales glissent et tombent dans le peu d'eau qui reste encore dans la rivière en contrebas. Comme si quelque chose écrasait l'inconnu, les convulsions s'étendent de ses cuisses au reste de son corps. La paire de jambes s'affaisse et disparaît de la balustrade, tirée par des mains sur le pont.

Quand on arrive enfin à destination, alors que mon amant rejoint son groupe d'amis habituel, j'entends quelqu'un résumer à haute voix le contenu d'un article affiché sur son portable. Un enfant venu admirer les cerisiers serait mort écrasé lors d'un mouvement de foule. À ces mots, le groupe forme un cercle pour se concerter, et tous prennent une mine attristée.

« On y était. » Tout excité, l'Homme Camouflage leur raconte l'incident et tous ses amis se mettent à crier. Leur ennui est enfin trompé, mais les voix du groupe s'attachent à recouvrir leur enthousiasme d'un nappage de pitié artificielle.

En voyant leur réaction, la voix de mon compagnon passe de l'excitation à la tristesse. « C'était grave bondé. Dès le début, j'ai eu peur. En plus, on n'allait jamais arriver à temps. Et au final on bougeait plus du tout, sérieux. Comme ils n'avançaient pas, on était tous en mode "mais poussez, poussez !" »

Il secoue la main, comme s'il chassait une mouche et se donne un air renfrogné, l'air de ne pas vouloir en dire plus. Il se comporte comme si je n'avais pas vécu l'incident avec lui. Pendant quelques secondes, un silence gênant plane. Ses amis se tiennent derrière lui comme des gardes du corps, le regard tourné vers moi. Quand je fais une moue pour leur dire que ce n'est pas si sérieux que ça, leurs visages s'éclaircissent et l'un d'eux se met à plaisanter :

« Mais toi aussi, tu disais de pousser, non ?

— En vrai, ouais, je l'ai dit, acquiesce-t-il avec un sourire charmant, mais c'était une blague. Après, il y avait des jeunes près de nous qui poussaient pour de vrai. Je me suis dit qu'ils étaient fous, mais à un moment ça a fait comme des dominos géants. Au début on s'est dit "bon, bah, pas grave", mais ça continuait, et ça a l'air d'avoir causé quelque chose de vraiment terrible. »

Sa voix s'assombrit seulement sur la fin de sa tirade, presque insensiblement.

« Tu vas pas finir ton histoire en nous disant qu'en fait, toi aussi, tu poussais ? » s'esclaffent ses amis.

Ce soir-là, je comprends que l'entourage insensible et stupide de l'Homme Camouflage ne fait qu'encourager son comportement. Il regarde à son tour les informations sur son portable. Il fait défiler la une du bout du pouce, consulte les faits divers notables, passe rapidement une reconstruction de meurtre avec des silhouettes en 3D.

« Quand on est jeune, on est tout le temps sur les nerfs de toute façon, murmure quelqu'un, comme si c'était la morale de l'histoire.

— Ils ne doivent pas savoir contrôler leur colère, et voilà le résultat quand il y a beaucoup de monde autour… »

Un des amis de l'Homme Camouflage fend l'air de droite à gauche avec sa main, qu'il déplace le long d'une route invisible pour indiquer une ligne accidentée.

L'Homme Camouflage acquiesce d'un air sérieux.

« C'est ça. Leur colère se réfracte… »

Il est sur le point de terminer sa phrase quand l'un de ses amis réintègre le groupe avec une nouvelle personne. Ni lui ni moi ne la connaissons. Il regarde le nouveau venu de bas en haut, plisse les yeux pour former un sourire et il lui serre la main.

Sa réaction face à l'inconnu me rappelle la scène nimbée de bleu à laquelle j'ai assisté il y a longtemps. Le souvenir remonte à la dernière fois que j'ai vu Ibuki au sous-sol, le 23 décembre. L'Homme Camouflage était sorti de la pénombre et avait émis une commande en s'approchant d'Ibuki. Ça ne me revient que maintenant. Il avait approché la pointe de son nez de la poitrine d'Ibuki, comme pour renifler sa proie, en le regardant de bas en haut. La commande émise était *Connais pas*. Avant que ces souvenirs me reviennent, je pensais qu'Ibuki avait été attaqué pour une raison particulière et que le coupable l'avait marqué par amour ou par haine. Je m'étais dit qu'Ibuki et l'Homme Camouflage avaient eu une histoire et j'avais manqué d'attention, pensant qu'il s'agissait simplement d'un homme ordinaire. Plus tard, j'avais pu longuement observer mon compagnon en passant du temps avec lui mais jamais je ne m'étais rendu compte que sa couleur de peau n'était pas tout à fait la même que celle de tous les autres.

Les hommes ordinaires aiment les choses pures. On aurait pu s'attendre à ce que l'Homme Camouflage opte pour un corps plus léger, moins solide, parmi la clientèle du Fight Club. Mais, en réalité, c'était sur celui d'Ibuki, complètement différent, que son choix s'était porté. Je m'étais convaincu que ce n'était pas un hasard.

Mais je me trompais. L'Homme Camouflage n'avait que son plan d'attaque en tête, et n'importe qui aurait fait l'affaire. Ibuki était juste au mauvais endroit au mauvais moment.

Le mot gravé sur le corps d'Ibuki était *cacao*. Que ça me plaise ou non, c'était bien *cacao*. Que je puisse mettre du sens sur ce mot ou pas, que l'acte ait la moindre signification ou pas, la blessure est la même. Finalement, tout ça, c'était juste une question d'effet visuel.

La nuit de l'attaque, l'Homme Camouflage ne *connaissait pas* Ibuki. C'est pour cette raison qu'il avait regardé son corps sous toutes les coutures. Sans que je m'en sois rendu compte, il relevait peut-être les bleus en forme d'avertissements discrets qui marquaient le corps d'Ibuki. C'était peut-être moi, l'auteur de ces avertissements. La zone que j'avais meurtrie juste avant commençait peut-être à déployer ses nouvelles couleurs. Tout était bleu, et il n'en reste plus rien. Ibuki n'est plus là. Je ne raconterai plus rien sur lui. L'Homme Camouflage, qui est jeune et intelligent, commence sûrement à se douter de la décision que j'ai prise. S'il doit me quitter, ce sera ce soir ou demain au plus tard.

* * *

On retourne à l'hôtel et, dès que j'entends la douche couler dans la salle de bains, j'ouvre le sac à dos posé dans le coin de la chambre. Je le prends toujours avec moi, pour aller au travail, où que j'aille à vrai dire. Il est de couleur unie et sa forme est plutôt sobre, comme s'il avait été pensé pour éviter qu'on se moque de son design. Une petite plaque dorée, sur laquelle apparaît le logo de la marque, est cousue dessus. La simple présence de cette plaque le rend dix fois plus cher qu'un autre. L'été où j'ai rencontré Ibuki, j'ai contracté un emprunt en plus d'utiliser ma prime pour pouvoir changer de sac et acheter celui-ci, qui appartient à la dernière collection. Comme d'habitude, l'intérieur contient des dossiers remplis de documents et un chargeur dans la petite pochette avant. Je tends la main vers le compartiment arrière. Mes doigts caressent la boîte en carton qui renferme le couteau pendant que je claironne un « hop là » sonore pour m'assurer que je suis seul dans la pièce. J'ouvre la boîte. La pointe du couteau glisse hors de sa pochette en papier de soie et se fiche dans mes documents sans un bruit. Je parviens à retirer l'emballage, fermé avec du scotch, sans le déchirer. Juste avant que la lame ne sorte entièrement, ma main s'arrête. *Un homosexuel qui en massacre un autre*. J'ai l'impression que ces mots, que je n'ai pourtant lus qu'une seule fois, me traquent. Je remets le couteau dans sa boîte comme si je le faisais rentrer dans son fourreau, et je le replace dans la poche intérieure de mon sac à dos. Il ne m'attaquera pas tant qu'on sera juste tous les deux.

Pour notre prochain rendez-vous, c'est moi qui choisis et réserve le restaurant.

J'ai réussi à réserver pour dimanche 17 heures

Je le mets au pied du mur et ne lui laisse aucune chance de refuser mon invitation, accompagnée d'un lien vers le site de l'établissement. C'est la première fois que je me montre aussi dominant avec lui. Mon rôle m'a été assigné depuis longtemps. Je n'ai pas besoin de recourir à des stratagèmes.

C'est un peu à la dernière minute.
Mais justement, j'ai rien de prévu, c'est parfait.

C'est comme ça que nous nous retrouvons.

* * *

L'hôtel que j'ai choisi est grand, et il faut traverser un long couloir avant d'atteindre le restaurant.

En s'approchant, on croise de moins en moins de clients, puis, après une dernière intersection, plus âme qui vive du tout.

Une fenêtre décorative enfoncée dans le mur reflète nos ombres vêtues de costumes bleus. Je sens quelque chose de lisse et de froid à l'intérieur de mon gilet et j'ai beau tirer sur mes manches, secouer mes épaules, ajuster le placement de l'objet, la sensation de fraîcheur s'attarde tout de même sur ma peau.

J'aperçois l'entrée plus loin devant nous. Elle est sobrement bordée de moulures épaisses et ne dispose pas de porte. Deux employés en smoking se tiennent devant un pilier de part et d'autre de l'ouverture. Ils se font face mais baissent les yeux vers le sol pour ne pas se croiser du regard. Plus on avance, plus le son d'un vinyle se précise et mieux on perçoit les tintements clairs de couverts qui s'entrechoquent.

Après avoir franchi une nouvelle ouverture, nous ne sommes toujours pas dans le restaurant mais dans un salon faiblement éclairé. Plusieurs lampes dissimulées derrière les canapés et le comptoir éclairent les murs, créant un clair-obscur inquiétant qui rappelle la couleur du ciel juste après le coucher du soleil. Dans cette salle sombre, des hommes et des femmes forment des couples et dansent lentement. Ils se tiennent les mains et tournoient au milieu du salon. La scène m'évoque une série de vases. Ces derniers, de couleurs et de formes irrégulières, dont le recto et le verso diffèrent, semblent pivoter sur un tour de potier. Il y a toutes sortes de vases, certains très fins, d'autres plus courbés d'un côté que de l'autre. Dans la lumière tamisée, je distingue un bossu en smoking, une boucle d'oreille, un crâne dégarni, une épaule élégante et musclée qui dépasse d'une robe.

Le restaurant se dissimule derrière ce salon magnifique. L'entrée principale se trouve ailleurs. On a dû arriver par la sortie. Des hommes et des femmes sont alignés le long du mur. Les paires de jambes revêtues de pantalon et les mollets qui dépassent des robes se tiennent droits, tournés, immobiles, vers le même point. Seule la fumée des cigarettes tenues par les clients s'élève lentement.

La scène a quelque chose d'atypique. Les créatures qui me font face ressemblent à des êtres humains normaux et je comprends ce qu'elles se disent, mais on dirait que leur style vestimentaire et certaines de leurs attitudes sont sortis du passé, comme figés depuis plusieurs décennies. Le smartphone d'un convive évoque un artefact anachronique tant il contraste avec le décor. J'échange un regard avec l'Homme Camouflage. Les seuls costumes qu'on possède lui et moi sont nos habits de travail et, sans même se concerter, nous sommes allés acheter de nouveaux costumes bon marché en prévision du rendez-vous. Pourtant, et en dépit de tous nos efforts, nous détonnons quand même.

Sur une table ronde au loin, je distingue une plaque métallique qui signale notre réservation. Au milieu du plat principal, je me rends compte que je croise souvent le regard du serveur chargé, je crois, de remplir nos verres d'eau. Puis le dessert arrive. Les lumières se tamisent, comme si un voile imaginaire couvrait mes yeux. Les ombres s'accusent légèrement, les lampes se stabilisent et des rayons lumineux en provenance des cuisines se dirigent silencieusement vers nous. Un unique cierge magique est planté dans une part de dessert qu'un employé dépose sur la table entre nous.

J'ai l'impression d'entendre des applaudissements épars. Mais, quand je balaye la salle du regard, tout le monde a déjà détourné les yeux de notre table. On n'est plus assez jeunes pour laisser une surprise s'éterniser et chahuter pendant des heures. Dans le nuancier de ses émotions, l'Homme Camouflage a dépassé le paroxysme de joie causé par l'étonnement et serre maintenant les lèvres en un sourire blasé. Je sors une boîte de ma poche et je la pose sur la table. Mon bras se tord de façon maladroite pour éviter les verres et l'ouvrir devant lui. La chaîne de cheville posée sur le coussin a déjà perdu de son éclat depuis que je l'ai achetée, ce qui apaise un peu mon embarras. Une odeur estivale émane du cierge éteint. Les beaux jours approchent.

À notre insu, les lumières de la salle se sont ravivées. L'Homme Camouflage pose son menton sur sa main, comme pour demander ce que tout ça signifie. Il continue de me regarder, l'air soupçonneux, sûrement pour faire un peu durer le plaisir.

« Tu me demandes en mariage ? »

Je secoue la tête.

« Tu me déclares ton amour ?

— Je sais pas trop, réponds-je en secouant une nouvelle fois la tête.

— Qu'est-ce que c'est que ça, alors ? » s'esclaffe-t-il.

Je n'ai aucune envie qu'il me rejette, et pourtant je ne trouve rien à lui répondre.

Il n'existe pas beaucoup de bijoux que deux hommes peuvent porter en même temps. De plus, mes moyens ne sont pas énormes, donc les options étaient plutôt restreintes. Peu de gens le savent mais la marque qui commercialise mon sac à dos propose aussi une ligne de bijoux. La griffe est poinçonnée en petites lettres sur le bracelet de cheville. Je pose le talon de l'Homme Camouflage sur ma chaussure et j'attache la chaîne à sa cheville. Imitant mon geste, il attache le deuxième bijou à la mienne, de sorte que nos jambes se ressemblent un peu plus qu'avant. Pendant un moment, on oriente nos mollets d'un côté puis de l'autre pour faire briller le métal. Quand il replace son pied sur la pointe de ma chaussure vernie, je sens le cuir s'enfoncer de plus en plus sous son poids.

Je m'aperçois que les gens autour de nous sont silencieux. Lorsque je lève les yeux, plusieurs regards sont fixés sur nous. Les autres clients détournent tout de suite la tête et se remettent à parler comme avant. L'ambiance redevient légère et guillerette.

Assis au comptoir, un homme nous observe. J'arrive d'abord à l'oublier, puis mon agacement se ravive et je me retourne plusieurs fois dans sa direction, sans qu'il cesse pour autant de nous surveiller. L'Homme Camouflage se tourne vers lui et se racle la gorge. L'inconnu détourne le regard comme s'il venait de prendre une pichenette et pousse un long soupir en regardant par la fenêtre. Pendant un temps, il reste immobile et ne touche plus à son steak.

Oubliant le dessert occupé à fondre devant nous, on se penche au-dessus de la table pour s'embrasser à chaque fois que la conversation se tarit. Nos lèvres et nos langues se changent en ventouses qui émettent des bruits de succion réguliers. Nous sommes assis à une petite table dans le coin de la salle. Les sons que nous produisons sont en partie étouffés par les voix de nos voisins mais je sens leur malaise grandir. Les ricanements se mêlent aux badinages de moins en moins sonores, et je décèle le grondement d'une vague de dégoût générale. Comme s'il voulait prouver qu'il n'en a rien à faire, l'Homme Camouflage me caresse le torse. Ce geste dit *J'ai envie*. Je lui réponds *J'ai envie* en l'enlaçant.

J'ai envie.
J'ai envie.
J'ai envie.

Notre conversation se poursuit comme si de rien n'était. Sous la table, nos jambes et nos mains se frôlent maintenant sans se cacher.

J'en peux plus. Un homme se lève pour montrer qu'il en a assez. C'est celui du comptoir. Devant sa chaise vide, il ne reste qu'un steak entamé et un set de table chiffonné.

Je sens que les employés commencent à se demander s'ils ne devraient pas nous dire quelque chose. Je prends l'Homme Camouflage par la main pour l'entraîner vers le couloir. On quitte le restaurant par la porte qu'on a prise pour entrer. Parmi les lumières tamisées du salon, les convives qui dansaient sont maintenant assis sur les canapés ou se penchent au-dessus des tables rondes pour attraper leur verre. On passe entre les deux employés face à face sans prendre le temps de demander où se trouvent les toilettes.

Nous arpentons le long couloir sans trouver la sortie. À chaque fois que de nouveaux chemins apparaissent, l'Homme Camouflage se précipite pour choisir lequel emprunter. Je reste derrière lui, les mains sur ses épaules, comme pour jouer au petit train.

On découvre un tas de choses. Un palmier chinois dans un vase aussi haut que nos jambes. Un homme sur une chaise en paille tressée. Une peinture abstraite représentant un échiquier qui s'étend à l'infini. Un jardin. Des arbustes alignés, taillés en cubes ou en sphères. Un chandelier discret. Quand on se retourne, j'aperçois l'ombre d'un inconnu dans le couloir qu'on vient de traverser. Je ne sais pas de qui il s'agit. Lorsque nos regards se croisent, l'homme opère un demi-tour et disparaît. Je ne sais pas ce que ça signifie. On oblique après les escalators à l'arrêt pour découvrir enfin le panneau avec les bonshommes bleu et rouge.

L'entrée des toilettes n'a pas de porte mais deux murs bornent chaque urinoir afin de bloquer les regards, formant un chemin courbé vers les cabines. Nos silhouettes se brisent en une kyrielle d'ombres sur le marbre et se teintent de bleu à chaque pas. Je saisis rapidement pourquoi. Comme dans le Fight Club, où on s'est rencontrés, les murs des toilettes sont peints en bleu. Dans cet espace créé pour respecter l'intimité de chacun, aucune caméra de surveillance n'enregistre. La pièce rectangulaire compte deux cabines qui peuvent nous cacher complètement à droite, ainsi que trois urinoirs à gauche.

Un homme se trouve déjà dans les toilettes. Il se soulage dans l'urinoir et fixe passivement le mur bleu face à lui. Ce n'est pas celui qui a baissé les yeux pour partir de mauvaise humeur en laissant son steak. Je ne l'ai jamais rencontré.

C'est peut-être un autre homme mais il n'est pas impossible qu'on le dégoûte. C'est d'ailleurs tout à fait concevable. Il n'est pas impossible qu'on s'attire la haine de cet inconnu sous peu et, dans le pire des cas, qu'il se mette à nous pourchasser. Une fois qu'on s'imagine victime d'un crime de haine, on ne peut plus échapper à cette idée. On est condamné à vivre dans la terreur jusqu'à ce que le pire arrive, ou à faire en sorte qu'il arrive.

Ce qui s'est passé au Fight Club cette nuit fatidique avait déjà traversé l'imagination de chaque client au moins une fois. N'importe qui fait des cauchemars, quel que soit son degré de rationalité et de logique. On a tous imaginé, que ce soit Ibuki, les autres hommes ou moi, le moment où quelqu'un nous attaquerait, ou les jours qui suivraient après avoir laissé quelqu'un pour mort, ou encore la révélation de notre secret.

L'Homme Camouflage aussi a sûrement imaginé tout cela. Ayant lui-même cauchemardé de cette nuit, il a décidé de dompter sa terreur : soit on attend que nos peurs se réalisent, soit on fait en sorte que les choses terribles qui nous hantent arrivent aux autres. Voilà pourquoi l'Homme Camouflage a mis son plan à exécution – celui d'attaquer quelqu'un. Nous avons tous fait ce cauchemar. Avant même qu'on se rencontre, on a tous vécu ce cauchemar à des endroits et à des moments différents de nos vies.

L'homme des urinoirs nous surveille du coin de l'œil. Lui aussi est sûrement en train de pénétrer dans un cauchemar, mais en tant qu'agresseur. Un cauchemar dans lequel il rencontre deux amants homosexuels. Un cauchemar dans lequel son *safe space* est envahi. Il a peut-être trouvé en nous un moyen de s'alléger des malheurs de son quotidien, ou de toute la douleur qu'il couve.

L'Homme Camouflage semble lui aussi tomber dans un cauchemar, cette fois en tant que victime. À cet instant, je décèle une incertitude dans son comportement. Scruté par une tierce personne, son système nerveux lui envoie des ordres contradictoires. Ses mouvements ralentissent un instant, comme s'il hésitait entre ignorer l'homme pour se glisser dans la cabine et attendre que l'homme soit parti. Toutes ces informations me sont transmises directement, collé à lui, les mains sur ses épaules. C'est une sensation étrange, comme si mes doigts flottaient au-dessus de ses omoplates. Il semble avoir oublié que je suis derrière lui et son dos se relâche.

J'ai raté plusieurs occasions avant le moment fatidique. Quand il dormait, avec sa pomme d'Adam qui montait et redescendait. Quand il a laissé son corps s'avachir contre le mien alors qu'on était seuls dans l'ascenseur. Quand on marchait dans le couloir désert, à l'instant. Je n'ai cessé de rater le coche.

Il n'y a pas que les cauchemars. On rêve aussi, tout simplement. J'ai rêvé que je pouvais nouer une relation avec l'Homme Camouflage, celle que je n'avais pas pu construire avec Ibuki, et lui a peut-être rêvé qu'il pouvait me faire ce qu'il n'avait pas fait à Ibuki. Mais, finalement, seuls les cauchemars nous attendaient. Il ne nous reste qu'à choisir entre la terreur ou les actes. Si les assaillants et les victimes finissent tous par faire l'expérience de leur propre cauchemar, je voudrais être plus rapide que les autres et changer la fin annoncée pour en faire quelque chose de mieux. Pourtant, rien de tout ça ne vengera Ibuki car ce n'est pas moi qui vais tuer l'Homme Camouflage, mais la personne aux urinoirs qu'on ne *connaît pas* et qui va devenir notre agresseur à tous les deux.

Dans la plupart des cas, il n'y a aucun lien entre les coupables et les victimes de crimes de haine. Deux amants et un inconnu. Tout est parfaitement à sa place dans cet espace azur. Telles des revenants, nos trois silhouettes sont immobiles, éclairées par la lumière qui rayonne sur les murs et les carreaux bleus : l'inconnu, l'Homme Camouflage et mon image qui se reflète dans le miroir. L'image des hommes qui se sont échappés du Fight Club cette nuit-là se superpose à la scène. Nos ombres bleues sont si voisines des leurs qu'elles semblent sorties du même moule. Nous sommes pareils. Nous sommes des archétypes parfaits, il n'y a aucun doute là-dessus. Les trois hommes qui se trouvent dans cette alcôve partiellement isolée ne sont ni différents, ni jumeaux ; leur ressemblance n'a plus la moindre importance. Lorsque tout sera fini, nous ressemblerons sans doute aux bonshommes bleus des feux pour piétons[2].

---

2. Au Japon, on dit que les feux verts sont bleus.

Je glisse la main dans la poche intérieure de ma veste et je touche le manche du couteau, enveloppé dans son papier de soie. Je pèle l'emballage comme une peau de banane et je porte le couteau à son cou.

La lame incolore s'enfonce enfin dans sa gorge et, lorsque je la retire, maintenant couverte de sang, le dessert abandonné sur la table me revient. Le cierge magique éteint reposait sur l'assiette, dispensant, je crois, une volute de fumée. Le sang jaillit du cou de l'Homme Camouflage et s'étale sur le mur en moins d'une seconde. Je me précipite vers les urinoirs mais mes semelles glissent sur le sol. Je laisse des lignes ensanglantées par terre en dérapant et je percute l'homme que je ne *connais pas*, mais l'inconnu ne bronche pas et je reprends mon équilibre. Je préviens tout risque d'affrontement en appuyant mon couteau sur son cou.

J'entends le bruit de la chasse d'eau automatique. L'homme lève les bras comme pour jurer qu'il ne résistera pas. Sa ceinture branle et tombe par terre pendant que son pantalon se déroule sur ses jambes et lui barre les mollets. Je ne le poignarde qu'après qu'il a réarrangé son pantalon et sa ceinture de ses deux mains tremblantes. J'entoure son corps avec mon bras et nous tournons sans grâce, comme de mauvais danseurs, avant de tomber théâtralement sur le carrelage. Nos corps, dont l'affrontement s'est arrêté un temps, se séparent en même temps que les taches rouges au sol se dispersent.

Les rainures de la faïence, marbrées de rouge, sont déjà imbibées du sang de deux personnes, de sorte que le carrelage ressemble à des écailles de poisson géantes. Sous l'écoulement, l'urine et l'eau ruissellent par terre alors que les giclées d'hémoglobine commencent à se diluer au contact du marbre. Je regarde le mur aspergé de rouge et je m'aperçois qu'il dégouline, comme si on y avait jeté un pot de peinture, pendant que des gouttes aussi épaisses que des écharpes coulent de toutes parts. La profondeur et la phosphorescence du bleu du mur, comme peint à l'acrylique, n'ont pas beaucoup souffert de nos éclaboussures vermeilles. Au-dessus du carrelage bleu censé distraire les usagers de la saleté de l'urine et de la merde, les projections de sang élèvent le mur au rang de véritable œuvre d'art.

Tout cela se passe très rapidement. Personne ne saura jamais ce qui s'est véritablement joué entre ces trois hommes dans cet espace partiellement isolé.

J'entends le hurlement de la première personne qui nous découvre depuis l'autre bout du long couloir. Nous, *les amants*, avons fait mine de nous enfuir des toilettes, laissant des traînées de sang sur le marbre derrière nous. Les ombres que j'aperçois au loin appellent d'autres ombres et poussent des cris. J'entends les hurlements que les hommes et les femmes poussent par réflexe au loin – chose que ni l'Homme Camouflage ni moi ne sommes en posture de faire. Je ne sais pas si ces cris font partie de mon plan et mon cœur bat de plus en plus fort. J'aimerais rire du nombre de personnes agglutinées dans un recoin perdu de cet établissement gigantesque. De plus en plus de gens s'approchent de nous, apparaissant au coin du couloir ou par l'entrée de service. Je suis surpris par la multitude de cuisses et de mollets qui bloquent mon champ de vision. Un employé nous enjambe et jette un coup d'œil dans les toilettes bleues. J'ai l'impression nostalgique de me revoir jeter un coup d'œil dans la chambre du Fight Club. Les rôles se sont intervertis : l'inconnu est *le coupable*, l'Homme Camouflage est *la victime* et j'ai pris le rôle résiduel de l'*amant*. Je pense avoir réussi à camoufler mes traces.

J'ai mis le couteau dans la main de l'inconnu, abandonné dans les toilettes. J'ai voulu profiter de ce qu'il soit écroulé par terre pour essayer de lui faire serrer les poings mais il n'avait déjà plus la force de tenir quoi que ce soit. Je suis arrivé à coincer le manche un instant mais il l'a laissé tomber dans l'urinoir recouvert de sang. Quand je l'ai lâché, son bras droit s'est mis à convulser dans la cuvette, cherchant le couteau et étalant du sang partout avant de revenir vers son cou. Sa main a mollement essayé de serrer sa gorge, qui continuait à répandre son hémoglobine par terre. J'ai soigneusement enlevé le papier fin qui entourait le manche du couteau avant l'attaque, puis je l'ai mis dans ma bouche afin de le réduire à une boulette mâchonnée avant de forcer l'inconnu à tenir le couteau. J'ai dilué le goût insupportable du sang dans ma salive. Ayant manqué ma chance de le recracher, il a fallu le garder piégé entre mes gencives et ma joue.

La foule qui nous entoure cesse de grossir. Le sang se répand sur le costume en cellulose déperlante de l'Homme Camouflage. Au lieu de pénétrer le tissu, les gouttes se contentent de ruisseler en se séparant comme des points de couture rouges.

Le sang ne me répugne plus. Il charrie une certaine beauté, à tel point que je suis pris de panique lorsque le liquide accumulé au creux de mes paumes se met à déborder, comme si j'étais en train de gâcher une ressource naturelle. Pour moi, ce n'est plus le carrelage qui est pur, mais le sang.

Le corps de l'Homme Camouflage est trop lourd pour mes bras ; je soutiens donc son dos avec mes genoux et je prends son cou entre mes mains. Je devrais connaître ce poids, surtout depuis la nuit de l'agression d'Ibuki, mais mon fardeau m'éreinte de plus en plus. En regardant de près, je constate que quelque chose s'écoule entre mes doigts placés autour de son cou et se répand sur ses joues. Je ne sais pas si c'est son souffle, son âme ou ce qui s'échappe du corps lorsque la chair flétrit. C'est quelque chose de transparent qui me caresse la joue avant de disparaître parmi les hommes et les femmes tout autour.

La foule ne s'aperçoit pas que la chose s'est mêlée à l'air qu'elle respire.

Les amants, vêtus de costumes bleus couverts de sang rouge, font l'objet d'une passion inextinguible. Ils sont filmés et leur image circule.

La vidéo commence dans le flou et l'obscurité.

L'image tremble pendant qu'un tonnerre de frottements résonne comme si des doigts grattaient la surface du micro. Dans la pénombre rouge et bleue, comme tissée de coton et de soie, notre champ de vision s'élargit enfin.

Les ombres qui s'amassent autour des trois corps ressemblent à des rapaces. J'aperçois nos silhouettes. Sur le marbre, nos mains, nos visages, chaque centimètre de peau qui ne soit pas recouvert par nos vêtements est teinté de rouge, à tel point qu'il est impossible de saisir notre ethnie.

Je croise enfin son regard avant qu'il ne perde connaissance. Presque englouti par le bruit autour de moi, je murmure à son oreille : « Ibuki. »

Composition réalisée par Belle Page

Cet ouvrage a été imprimé en France par
CPI Bussière
Z.I. rue Pelletier Doisy
18200 Saint-Amand-Montrond (France)

pour le compte des Éditions Fayard
13 rue du Montparnasse, 75006 Paris
info-fayard@editions-fayard.fr
en décembre 2024

PAPIER CERTIFIÉ

fayard s'engage pour l'environnement en réduisant l'empreinte carbone de ses livres. Celle de cet exemplaire est de :
400 g éq. CO_2
Rendez-vous sur www.fayard-durable.fr

Dépôt légal : janvier 2025
N° d'édition : 48-3495-9/01 - N° d'impression : 2080624